〖中华诗词存稿·名家专辑〗
中华诗词学会 编

苇航集

（增订本）

赵京战 著

中国书籍出版社
China Book Press

图书在版编目（CIP）数据

苇航集 / 赵京战著. -- 北京：中国书籍出版社，2019.10

（中华诗词存稿）

ISBN 978-7-5068-7494-6

Ⅰ.①苇… Ⅱ.①赵… Ⅲ.①诗词—作品集—中国—当代 Ⅳ.① I227

中国版本图书馆 CIP 数据核字 (2019) 第 243640 号

苇航集

赵京战 著

责任编辑	王志刚
责任印制	孙马飞　马　芝
封面设计	采薇阁
出版发行	中国书籍出版社
地　　址	北京市丰台区三路居路 97 号（邮编：100073）
电　　话	（010）52257143（总编室）（010）52257140（发行部）
电子邮箱	eo@chinabp.com.cn
经　　销	全国新华书店
印　　刷	北京虎彩文化传播有限公司
开　　本	710 毫米 × 1000 毫米 1/16
字　　数	220 千字
印　　张	23.5
版　　次	2019 年 10 月第 1 版　2019 年 10 月第 1 次印刷
书　　号	ISBN 978-7-5068-7494-6
定　　价	328.00 元

版权所有　翻印必究

《中华诗词存稿》编委会名单

顾　　问： 郑欣淼　郑伯农　刘　征　沈　鹏
　　　　　　葉嘉莹

编　　委：（按姓氏笔画排序）
　　　　　　丁国成　王　强　王改正　王德虎
　　　　　　刘庆霖　吕梁松　李一信　李文朝
　　　　　　李树喜　陈文玲　张桂兴　范诗银
　　　　　　欧阳鹤　杨金亭　林　峰　罗　辉
　　　　　　周兴俊　周笃文　宣奉华　赵永生
　　　　　　赵京战　钱志熙　晨　崧　梁　东
　　　　　　雍文华

主　　任： 范诗银

副 主 任： 林　峰　刘庆霖

执行主编： 吕梁松　王　强　李伟成

秘　　书： 李葆国

作者简介

赵京战，笔名苇可，河北安平人，1966年入伍，空军功勋飞行员，副师职，大校军衔（已退休）。现任中华诗词学会副会长、《中华诗词》杂志常务副主编。主要著作有：

诗 集 （著）：《苇可诗选》《苇航集》
诗词工具书：《诗词韵律合编》《中华词谱》
　　　　　　《中华曲谱》
诗　　　话：《网上诗话》
诗 集 （编）：《新韵三百首》《居庸诗钞》
诗词创作软件：《诗词韵库韵母输入法》

总 序

我们这个诗歌大国有一个很好的传统，历来注重"采诗"、搜集整理诗歌材料。作为唯一的全国性诗词组织的中华诗词学会，自 1987 年 5 月成立以来，就十分重视这项工作。学会每年的学术研讨会和历届"华夏诗词奖"，都出版论文集和获奖作品集。纪念学会成立二十年、三十年时，还专门编辑出版了《大事记》《论文选集》《诗词选集》。《中华诗词》创刊以来，每年都制作年度合订本。2007 年 5 月，在北京天识东方文化艺术传播有限公司的资助下，以近代以来诗词创作、诗词理论、诗词运动重要文献汇编，当代名家个人作品专集等为主要内容，出版了《中华诗词文库》。经过十来年的编辑整理，已经出了近百卷。这些诗集、文集的出版，记录了近百年来尤其是改革开放四十多年来，中华诗词从起步、复苏走向复兴的砥砺前行的历程，为近、当代诗歌史的撰写准备了丰富的资料。

党的十八大以来，中华民族优秀传统文化重新受到应有的重视。习近平总书记《念奴娇·追思焦裕禄》词和《军民情》七律的相继发表，引领中华大地诗潮滚滚而来。《中共中央关于繁荣发展社会主义文艺的意见》和中办、国办《关于实施中华优秀传统文化传承发展工程的意见》，都明确提出"加强对中华诗词、音乐舞蹈、书法绘画、曲艺杂技和历史文化纪录片、动画片、出版物等的扶持。"国家教育部组织制定由中华诗词学会起草的新中国语言体系中的新韵书《中华通韵》已经通过国家语言文字工作委员会语言文字规范标准审定委员会审定，即将颁布全国试行。这些都使我们真切地感受到，中华诗词的春天真的到来了。诗人们乘着骀荡春风，正以高昂的激情，书写着中华民族伟大复兴的新时代、新史诗，国家富强、民族振兴、人民幸福的中国梦；正以与人民同呼吸、共命运的诗人之心，对人民的欢乐、人民的忧患、人民的情怀给以诗意的表达；正以"美"或"刺"的诗人之笔，对市场经济大潮中人民对幸福生活的期待，对美好未来的希望，对假丑恶的深恶痛绝，或给以方向，或给以赞美，或给以鞭挞。正如习近平总书记所指出的："好的文艺作品就应该像蓝天上的阳光、春季里的清风一样，能够启迪思想、温润心灵、陶冶人生，能够扫除颓废萎靡之风。"

当前，传统诗词创作者和诗词爱好者队伍发展迅速，已超过三百万。每天创作的诗词作品超过唐诗、宋词、元曲的总和。诗词评论研究队伍也成长很快，诗词评论、诗词学、诗词创作理论研究成果丰硕。如何从浩如烟海的诗词作品中"淘"出优秀作品，并使之存下来、传下去，如何使诗词研究理论成果"面世"并发挥应有的指导作用，确实是摆在我们面前的无可回避的一个重要课题。中华诗词学会是一个没有国家编制，没有国家拨款的社会团体，事业的运转主要靠社会赞助和会员费支撑。俊识（北京）文化传媒有限公司总经理吕梁松、北京采薇阁总经理王强，两位一直是对中华传统文化情有独钟的热心人，慷慨解囊，愿意同中华诗词学会一起，搜集整理编辑推出《中华诗词存稿》这套书，共同为中华诗词文化的继承和发展，做成这件十分有意义的事情。

《中华诗词存稿》主要搜集整理出版三部分内容的资料：一是当代诗词名家的个人作品集；二是当代诗词评论家、诗词学者的学术著作集；三是当代诗词作品、诗词理论学术成果阶段性、专题性、地域性的集成类作品集。诗词作品强调精品意识，沙里淘金，把"有筋骨、有道德、有温度"的优秀诗词作品搜集起来。诗词评论、研究类资料强调理论性和创新性，应具有鲜明的个性特点，具有创建性的见解。集成类的资料应有一定的史料保存价值。总之，做成一套具有当代价值和历史意义的好书。在此，我们编委会人员，向提供资料、筛选编辑、版面设计、校对勘误，包括所有为这套资料付出辛勤劳动的同志们，表示真诚的谢意！

郑欣淼
二〇一九年七月于北京

自　序

本书是我的诗集《苇航集》之增订本。

出版一本新的诗集，为什么不另起一个新书名呢？我想，书的名字就像人的名字一样，应该具有一定的稳定性。频繁更换，过于"与时俱进"，不是我所喜欢的方式。当然，这只是我个人的爱好，无所谓对错优劣。

这本诗集最主要的目的，是给自己学习旧体诗词的历程做一个总结，也是给自己的历史留下一个纪念。

回想自己的人生历程，主要年华是在军队里度过的。从1966年高中毕业进入军营，弹指就是一生，直到2002年退休，整整呆了37个年头，退休后依然住在军营，算到现在，军营生涯已是44个年头了。军旅生涯的千姿百态和酸甜苦辣，也是一言难尽的。但对于诗词而言，始终不过是兴趣和爱好。

仅就自己学诗的历程而言，大致可以分为三个阶段。

第一个阶段可称之为"朦胧阶段"。时间大致从六十年代初，至九十年代中叶。

这一时期，我的整个身心沉浸在军务之中，偶尔写诗，也不过"比着葫芦画个瓢"而已。1993年我把这些作品整理，在华文出版社出版了诗集《苇可诗选》，收诗155首。当时《诗刊》副主编杨金亭老师为我写了序言《一个飞行员的新古体诗》。杨老师告诉我，把"七律、七绝"以及词牌都要去掉。我似懂非懂，只把"律、绝"的名称去掉，而把词牌保留了下来。

第二个阶段可称之为"探索阶段"大致从20世纪90年代中叶起，直到2003年我参与《中华诗词》杂志的编务工作。

1994年，我报名参加了《诗刊》的诗词创作刊授，师从杨金亭老师，刊授学习了一年。这是我第一次正正经经地学习写诗。杨老师对我的指导帮助是多方面的，特别是在格律方面，是我真正的启蒙老师。这一年的学习，表面的收获是有六首诗在《诗刊》旧体诗页发表，而真正的收获是让我懂得了格律，因而渐渐脱离了"新古体诗"。真正进入了旧体诗的创作。

1996年，杨老师介绍我加入了北京诗词学会，并参加了北京诗词学会举办的"北京青年诗人创作研讨会"，在会上认识了"青年诗社"的几位诗友。这是我第一次真正和诗人接触。继而加入了青年诗社，参加诗社的活动，和诗友们交流，近距离地见到了现在的人是怎样写诗的。我真正感到诗国的大门在我面前打开了。

通过撰写研究聂绀弩先生的文章，我还认识了济南侯井天先生。他给了我全国一百多位诗人的通信地址，这大大扩展和加强了我和诗词界的联系。我将自己的诗集和新作寄给他们，他们热情诚恳地评析我的诗作，与我切磋、酬唱。我就像善财童子"五十三参诸天"，如饥似渴地向诗人们汲取营养，大大拓宽了眼界和知识面。2000年，我的第二本诗集《苇航集》在安徽文艺出版社出版，并于当年加入了中华诗词学会。

第三个阶段可称之为"提高阶段"，时间从2003年进入《中华诗词》杂志社开始至今。

2002年退休后，紧接着2003年"非典"肆虐，《中华诗词》编辑部编辑缺员，主编杨金亭老师打电话给我，希望我出任编辑部主任。我对杂志编务毫无所知，不敢应承。仅答应"帮忙"一下，随时准备退出。

于是，我放弃了到民航公司当飞行员的机会，懵懵懂懂地就来"帮忙"了。没想到这一帮就帮长了，再也没有脱身。2004年1月，我担任了杂志社的副主编，2004年12月，被选为中华诗词学会副会长，2005年1月又担任了杂志社常务副主编，真是在诗词领域"越陷越深"了。

到杂志社后，审稿、编稿、参加诗词活动、讲课等等，接触到的诗人、作品大大增多，从深度和广度上，使我对诗词有了更多的了解，工作也更加投入了。由于经常参加杂志社的金秋笔会、青春诗会，担任诗词大赛评委，参与学会的诗词研讨、诗乡考察、作者研讨会、函授辅导、诗词讲座等项活动，我的诗词知识越来越丰富，眼界越来越开阔。和在部队时大不一样了，诗词对于我已经不仅仅是兴趣和爱好，而是成了我的本职工作，或者说是我的事业了。我必须重新调整思路，重新分配精力，全身心地投入其中，方可不辱使命。

杂志社的同仁及诸多诗友都是我的老师，我心里记着每一位使我受益的老师、诗友的名字，我知道他们在我的诗词道路上所起的作用。比如原副主编蔡淑萍老师，不但在编务上对我颇多扶持，而且在诗词创作上循循善诱，诲人不倦，诸如格律的把握、意象的熔铸、语言的锤炼、章法的调整、境界的开拓等方面，使我受教良多。2003年8月经蔡老师介绍，我加入了中镇诗社；2005年11月与六位诗友共同发起成立了居庸诗社。诗社的社课、改稿、唱和、采风等活动，使我的诗词修养从创作和鉴赏两个方面都得到了切实的提高。

2006、2007两年，我出版了下列著作：

诗词工具书：《诗词韵律合编》

诗词鉴赏书：《网上诗话》

诗词创作软件：《诗词韵库韵母输入法》

诗集（编）：《新韵三百首》

《居庸诗钞》

2009年上半年，我还将出版下列著作：

诗词工具书：《中华词谱》

《中华曲谱》

诗词充实了我的生活，丰富了我的人生。回顾过去，我觉得，我在诗词道路上起步和走上正规为时太晚，已经错过了人生精力最旺盛、创造力最强的时期，因此，我在诗词创作方面，需要提高的空间太大了。"路漫漫其修远兮，吾将上下而求索"这将是一个永无终结的过程。本集的最后一首诗《花甲抒怀》，算是我对六十岁以前的一个总结。如果以后还有机会再出诗集，我将把它作为开卷的第一首诗。

我作为一个诗词工作者，还是有很多工作要做。回想自己学诗历程中所遇到的苦闷和彷徨，所走过的弯路，我联想到了近年来接触的一些诗友们的情况。我的工作岗位给我一个舞台，一个机会，使我可以做一些诗词普及方面的工作，为广大诗友们提供服务，提供帮助，使他们少走我所走过的弯路，也算是我对诗词的一个回报吧。这也是我出版上述著作的目的。为了弘扬中华民族的传统文化，为了诗词的教育、普及、宣传等工作，不揣浅薄，勉力为之。

谨作以上介绍，权作序言。

赵京战

二〇〇八年十月一日

目 录

总　序 ································· 郑鑫淼　1
自　序 ·· 1

探索篇

清平乐·中秋夜训（新声韵）··················· 3
西江月·夜航（新声韵）······················· 3
渔家傲·在告别宴会上祝酒（新声韵）··········· 3
游青城山····································· 4
登镇江北固山怀辛弃疾························· 5
汉中抒怀····································· 5
吊诸葛亮墓（新声韵）························· 5
武侯祠······································· 6
记　梦······································· 6
蝶恋花·到咸阳······························· 7
踏莎行·夜访天池····························· 7
虞美人·漓江泛舟····························· 7
柳絮（新声韵）······························· 8
渔家傲·桃花································· 8
江城子·寄家乡诸同学························· 9
蝶恋花·记梦（六首）························· 9
　　（一）··································· 9

|　　　（二）…………………………………………………… 9
|　　　（三）…………………………………………………… 10
|　　　（四）…………………………………………………… 10
|　　　（五）…………………………………………………… 10
|　　　（六）…………………………………………………… 11
| 读乔树宗《祭侄文》………………………………………… 11
| 西江月·读稼轩词…………………………………………… 11
| 读柳宗元……………………………………………………… 12
| 读《西厢记》………………………………………………… 12
| 赠钱为宏……………………………………………………… 13
| 满庭芳·纸船………………………………………………… 13
| 看电视剧《刘罗锅》（二首）……………………………… 14
|　　　（一）…………………………………………………… 14
|　　　（二）…………………………………………………… 14
| 赠汤姆先生…………………………………………………… 14
| 岳王庙岳飞塑像……………………………………………… 15
| 雨霖铃·步耆卿原韵赠衡水诸同学………………………… 15
| 念奴娇·香港回归感赋……………………………………… 16
| 读白居易（二首）…………………………………………… 16
|　　　（一）…………………………………………………… 16
|　　　（二）…………………………………………………… 17
| 海外寄友人…………………………………………………… 17
| 西山红叶（二首）…………………………………………… 17
|　　　（一）…………………………………………………… 17
|　　　（二）…………………………………………………… 18
| 采桑子·新春寄友人（二首）……………………………… 18

（一）…………………………………………… 18
　　　（二）…………………………………………… 18
满庭芳·元宵月 ……………………………………… 19
卢沟桥 ………………………………………………… 19
揭晓《百将印展》志贺 ……………………………… 20
寄盘旭华诗友 ………………………………………… 20
苏幕遮·寄高中同学 ………………………………… 21
步韵李明声先生《痴拳迷剑》……………………… 21
贺萧乡诗社成立十周年（兼呈唐惕阳先生）……… 22
读聂诗全编赠侯井天先生 …………………………… 22
读聂绀弩旧体诗（三首）…………………………… 23
　　　（一）对偶 ……………………………………… 23
　　　（二）双关 ……………………………………… 23
　　　（三）幽默 ……………………………………… 24
知痴诗 ………………………………………………… 24
读《三非集》赠李师金诗友 ………………………… 25
答友人 ………………………………………………… 25
答钱学昭诗友 ………………………………………… 26
小重山·雪 …………………………………………… 26
苏幕遮·元宵月 ……………………………………… 27
浣溪沙·静夜 ………………………………………… 27
西江月·静夜 ………………………………………… 27
农村竹枝词（三首）（新声韵）…………………… 28
　　　（一）…………………………………………… 28
　　　（二）…………………………………………… 28
　　　（三）…………………………………………… 28

大棚竹枝词（四首）（新声韵）·················· 29
  （一）······························· 29
  （二）······························· 29
  （三）······························· 29
  （四）······························· 29

子夜歌（四首）······························ 30
  （一）室内独坐······················· 30
  （二）室内装修······················· 30
  （三）室内漫步······················· 30
  （四）室内灯光······················· 30

萧瑶诗友自南宁移居杭州赋此以赠··············· 31
呈戴老云蒸先生····························· 31
读《南园草》寄武锡学诗友····················· 31
读《衔月楼诗抄》赠古求能诗友················· 32
读《适闲堂诗选》赠丁思深诗友················· 32
读《囊萤吟稿续集》赠李师金诗友··············· 33
读《土楼居笔记》赠郭澹波诗友················· 33
读《林下拾得》赠叶启林诗友··················· 34
读《梦吟轩》诗草赠徐建群诗友················· 34
西江月·读《存直童》步韵赠黄顺毅诗友········· 35
读《绿云楼吟稿》赠刘友竹诗友················· 35
西江月·读《七四感怀》寄王延龄先生··········· 36
采桑子·读《观沧楼诗存》寄周明道先生········· 36
答爱竹村诗友······························· 37
一剪梅·读《凤矗五年》寄舒塞兄（新声韵）····· 37
读《聂诗管窥》寄杨九如先生（新声韵）········· 38

寄爱竹村诗友 …………………………………… 38
长白秋风歌 ……………………………………… 39
一剪梅·寄杨小源诗友 ………………………… 39
一剪梅·寄包德珍诗友 ………………………… 40
一剪梅·寄伯州兄 ……………………………… 40
一剪梅·哭伯州兄 ……………………………… 41
步韵寄包德珍诗友 ……………………………… 41
读吴瘦松《本命年咏马》诗奉和 ……………… 42
  【附】吴瘦松《本命年咏马》 …………… 42
寄石春学诗友 …………………………………… 42
步韵答何达成诗友 ……………………………… 43
读《何所有初集》赠爱竹村诗友 ……………… 43
谢爱竹村兄赠印 ………………………………… 44
答吴颂声诗友 …………………………………… 44
寄钱学昭诗友 …………………………………… 45
读《青萍诗文集》赠季龙华诗友（新声韵）…… 45

癸未篇

读《晚晴翰墨吟》赠斯大品诗友 ……………… 49
读《飞瀑集》赠杨逸明先生 …………………… 49
踏雪寻梅（四首）……………………………… 50
  （一）………………………………………… 50
  （二）………………………………………… 50
  （三）………………………………………… 50
  （四）………………………………………… 50
步韵致树喜兄 …………………………………… 51

读《世纪荒言》……………………………………… 51

项羽戏马台…………………………………………… 52

念奴娇·黄河壶口……………………………………… 52

编辑生活剪影（五首）………………………………… 53

  （一）审　　稿……………………………… 53

  （二）改　　稿……………………………… 53

  （三）编　　稿……………………………… 53

  （四）校　　稿……………………………… 54

  （五）新刊出版……………………………… 54

松辽行………………………………………………… 55

  长白天池歌………………………………… 55

山海关老龙头………………………………………… 56

山海关姜女庙………………………………………… 56

山海关……………………………………………… 57

赠梁世五兄…………………………………………… 58

题《怀玉堂诗选》…………………………………… 58

鹧鸪天·中秋月……………………………………… 59

读杨逸明《金缕曲》………………………………… 59

沁园春·登孙隐阁…………………………………… 60

赠东邀………………………………………………… 60

贺唐槐诗社成立并呈戴老…………………………… 61

甲申篇

贺刘征老治愈眼疾…………………………………… 65

谢爱竹村兄赠茶……………………………………… 65

悼周毅兄……………………………………………… 66

卜算子·为杨逸明题照 …………………………… 66
　　（摄于长白山天池川字瀑）………………… 66
水龙吟·拟陆游再题沈园壁 …………………… 67
和戴云蒸老八十书怀 …………………………… 67
步韵和张明善吟长 ……………………………… 68
喝火令·万柳吟贺柳塘诗社周年庆（新声韵）…… 68
贺青年诗社十周年（步胡林先生原韵）………… 69
民族风情录 ……………………………………… 69
　　思佳客·三道茶（白族）…………………… 69
思佳客·泼水节（傣族）………………………… 70
更漏子·安昭纳顿节（土族）…………………… 70
贺力夫四十生辰 ………………………………… 71
蝶恋花·瘦西湖 ………………………………… 71
思佳客·姑娘追（哈萨克族）…………………… 72
落　花 …………………………………………… 72
长　城 …………………………………………… 73
蝶恋花·赠诗友（新声韵）……………………… 73
赠羽黑诗友 ……………………………………… 73
读刘征老《白云乡诗记》感赋 ………………… 74
贺唐槐诗社周年庆 ……………………………… 75
酬张申同学寄来花椒 …………………………… 75
定风波·步韵刘征老《玉龙雪山望云》………… 76
　　【附】刘征《定风波玉龙雪山望云》……… 76
题《琼崖挹翠》 ………………………………… 77
赠星汉兄 ………………………………………… 77
赠世广兄 ………………………………………… 78

读《山溪笔韵》（新声韵）	78
读李商隐赠留兰阁主	79
答陈伟强诗友	79

乙酉篇

贺岁诗	83
醉蓬莱·偕伯元力夫访卫中孟欣伉俪凤凰岭下	83
读东邀《小年诗》寄赠	84
步韵蔡淑萍老师	84
【附】蔡淑萍《乙酉除岁》	84
步韵马斗全兄	85
乙酉上元诗（用王荆公韵）	85
步韵世广兄（三首）（用卷帘格）	86
（一）	86
（二）	86
（三）	86
答赵愚诗友	87
谢世广兄改诗	87
大兴采风行	88
大棚采杏	88
大兴观梨花	88
大兴古桑林	89
大棚采摘桑葚	89
观　海	90
和星汉《白丁香花》	90
【附】星汉《白丁香花》	90

晋北行	91
台怀镇题句	91
江城子·雁门关咏雁	91
五台山望北台积雪	92
雁门关	92
代县杨氏忠烈祠	93
元好问墓	93
野史亭	94
留别忻州	94
采樱（二首）	94
双河果园樱桃	94
采樱词	95
满庭芳·莲花池公园看荷花	96
浦源镇鲤鱼溪	96
打油步逸明兄《酷暑读书》韵	97
贺安平诗词学会成立	98
贺衡水诗词学会成立	98
一剪梅·游衡水湖	99
荷叶杯·荷花淀（双调）	99
步韵酬王燕兄	100
步王燕兄原韵酬金水兄	100
即席赠赵焱森会长	101
奉和世广兄《五台感怀》	101
奉和世广兄《送诸友之南晋》	102
太原赠魏新河	102
皇城相府怀陈廷敬（二首）	103

（一） ……………………………………………… 103
　　　（二） ……………………………………………… 103
晋东南采风录 ………………………………………… 104
　　皇城相府"别墅村"感怀 ……………………………… 104
皇城相府南书院感怀 ………………………………… 104
湘行（二首） ………………………………………… 105
　　长沙贾谊祠 ………………………………………… 105
　　平江杜甫墓 ………………………………………… 105
步韵郑邦利 …………………………………………… 106
看电视剧《朱元璋》（二首） ……………………… 106
　　（一） ……………………………………………… 106
　　（二） ……………………………………………… 107
宣武门小聚步王蒸兄韵 ……………………………… 107
读任征《听涛集》有感 ……………………………… 108
步韵魏新河《己酉中秋》 …………………………… 108
居庸关（三首） ……………………………………… 109
　　登居庸关步李重华韵 ……………………………… 109
　　居庸关 ……………………………………………… 109
　　居庸七友歌 ………………………………………… 110
贺《李太诗文篓》出版（新声韵） ………………… 111
风敲竹·送蔡淑萍老师回川 ………………………… 111
《沈云诗词》读后 …………………………………… 112
诉衷情·赠王子江诗友 ……………………………… 112
步韵世广兄 …………………………………………… 112

丙戌篇

戌年贺岁 …………………………………… 115
步韵刘冀川 ………………………………… 115
蛰堪兄来京未晤又寄《鹧鸪天》步韵以酬 …… 115
赠蛰堪兄用是务斋主韵 …………………… 116
步韵世广兄 ………………………………… 116
步韵世广兄 ………………………………… 116
再步世广兄韵 ……………………………… 117
步国钦兄韵 ………………………………… 117
社课用宋蔡襄人日诗韵（二首）…………… 118
  （一）……………………………………… 118
  （二）……………………………………… 118
步王燕兄韵 ………………………………… 119
减字木兰花·借金水兄题 ………………… 119
步韵寄朱巨成诗友 ………………………… 120
寄蔡淑萍老师 ……………………………… 120
步韵寄蔡淑萍老师 ………………………… 121
寄蔡淑萍老师 ……………………………… 121
看孙轶青会长电视访谈（新声韵）………… 122
 【附】张力夫《齐天乐夜读海德格尔存在论志感》… 122
齐天乐·步韵力夫《夜读海德格尔》……… 123
贺封龙诗社成立 …………………………… 123
寄郑福田诗友 ……………………………… 124
试和金水兄咏黄河口 ……………………… 124
和诗一首，并代金水兄释义 ……………… 125
《章守富诗词选》读后 …………………… 125

读《霜凝诗词选》旧体诗词……126
谢陶克诗友惠赠条幅……126
听伯元兄谈佛学时值京城大雪限押"窠、虫"……127
题西山大觉寺沈鹏诗词研讨会……128
呈淙全兄……128
步是务斋主韵致青凤兄……129
步是务斋主韵致晦蛰二兄……129
金水兄短信传诗《赴蓉车上独酌寄海内诸友》
乃步其韵以为旅途解闷……130
再呈青凤兄……130
申如兄应甘棠社邀赏樱花步海藏楼诗韵，试奉和……130
周口店采风行……131
  参观周口店北京猿人博物馆……131
  鹧鸪天·周口店猿人洞……132
  赠杨海峰馆长……132
  游云居寺……133
贺金水兄收徒……133
步韵力夫兄玉泉山诗……134
  【附】张力夫《雨后黄昏过玉泉山》……134
高阳台·和力夫兄兼呈王燕、伯元兄……135
  【附】张力夫《高阳台与王燕兄雨儿酒家饮》……136
端午诗步是务斋主韵……136
题《达摩面壁图》步韵申如兄……137
居庸社友雨儿酒家雅集步申如兄……137
南乡子·试和青凤兄《诵心经》……138
  【附】青凤《南乡子诵心经》……138

试和停云兄《偶感》············138
 【附】停云《偶感》············139
试和唤云兄《丙戌生辰》············139
 【附】唤云《丙戌生辰》············140
草原行············140
 减字木兰花·呼市"蒙牛"车间············140
 昭君墓············141
更漏子·辉腾锡勒草原············141
 谒成吉思汗陵············142
醉蓬莱·游美岱召············142
题兵器公园············143
题阿尔丁植物园············143
留别梁立东局长并谢赠花············144
包头留别谭博文主席············144
赠食斋老虎············145
呈孙木艮老师············145
贺唐槐诗社三周年············146
读蛰兄咏长城诗············146
鄂北行············146
 雨中游武当山············146
 神农祭坛············147
仰翁将赴中华诗词第二十届研讨会
临行赋诗今步韵忝和以壮行色············147
贺力夫兄书斋得名"畏临轩"············148
读伯元兄《李鸿章二十岁时律诗十首观后》············148
读伯元兄《无题》诗············148

【中吕】朝天子·观伯元兄瀹茶……………………………149
［中吕］朝天子·观幻庐兄治印……………………………149
咏西瓜………………………………………………………150
鹧鸪天·读叶凝秋词，次韵和之…………………………150
　　【附】叶凝秋《鹧鸪天见窗外红叶感寄京津师友》…151
豫北采凤行…………………………………………………151
　　游云台山………………………………………………151
　　云台山情人谷…………………………………………152
　　静影寺讲经阁…………………………………………152
　　留别冯顺利诗友………………………………………152
重九呈阚家蓂词长…………………………………………153
谒房山贾岛墓………………………………………………153
与诗友小聚后海烟袋斜街…………………………………154
贺隆尧诗词学会成立五周年………………………………154
读唤云兄诗步韵奉和………………………………………155
贺新郎·连珠兄六十寿辰…………………………………155
　　【附】唤云读《水知道答案》有感…………………156
读福田兄步韵奉和…………………………………………156
　　【附】郑福田原诗：…………………………………157
奉和福田兄…………………………………………………157
　　【附】郑福田《赠京战先生兼贺大作出版》………158

丁亥篇

哈尔滨看冰灯………………………………………………161
留别双城诗友………………………………………………161
岁初感怀步力夫兄韵………………………………………162

【附】力夫《双城四野前线指挥部旧址》……………162
感怀试步青凤兄韵……………………………………162
　　【附】青凤《柏子庵腊梅》………………………163
采摘草莓………………………………………………163
题宝云香茗茶店………………………………………164
次韵颖庐《焚香》……………………………………164
　　【附】颖庐《焚香一首》…………………………165
步韵奉和谭博文主席…………………………………166
　　【附】谭博文《贺岁诗》…………………………166
题郑玉玮《白雪黑土歌》……………………………167
题张俊华《白鹭集》…………………………………167
步韵谭博文主席《亥年新春》………………………168
　　【附】谭博文《亥年新春》………………………168
步韵和福田兄…………………………………………169
　　【附】郑福田《岁末有怀》（其八）……………169
试步江南雨人日感怀韵………………………………169
　　【附】江南雨《丁亥人日感怀》…………………170
步韵和三益斋主人……………………………………170
　　【附】三益斋主人
　　　　《二月二复力夫酒、水、诗论》……………171
步韵赠李小华诗友……………………………………171
清韵兄来京因事未能谋面深为憾事
乃补寄小诗并贺寿诞…………………………………172
又见居庸诸友约赋麻韵，勉成短句…………………172
题《敦才吟草》………………………………………173
贺伯元兄喜得斋名……………………………………173

虞城吟草·· 174
  木兰祠·· 174
  伊尹祠·· 174
  糊涂面·· 175
  芒砀山刘邦斩蛇碑······································ 175
  芒砀山梁孝王墓·· 175
  题壮悔堂·· 176
  赠虞城万老·· 176
望海潮·步韵三益斋主人·· 177
  【附】三益斋主人《望海潮》···························· 177
步韵赠桃盆栽兄·· 178
  【附】桃盆栽《梦雪》·································· 178
悼戴云蒸老·· 179
冀东行·· 179
  题兴隆花果山庄·· 179
  禅林寺银杏·· 180
  遵化清东陵·· 180
  清东陵神道石像生······································ 181
打油戏赠幻庐兄·· 181
步韵和力夫兄《戏题草原惊马》································ 182
  【附】张力夫《戏题草原惊马》·························· 182
步世广兄韵·· 183
  【附】邓世广《北疆采风期间，适值贱贱降之辰，因秘制自寿一律，今始示人》···································· 183
竹风吟·· 184
  ——贺郭云《竹风吟稿》出版···························· 184

调笑令·邢台赠圣马酒庄……184
丁亥九日遥望霍山用小杜九日齐山登高韵……185
念奴娇·步韵力夫兄北岳词……185
 【附】张力夫《念奴娇共丰川友人北岳》……186
青白江访蔡淑萍老师返京机上作……186
步韵力夫兄《水龙吟谒峨眉山》……187
 【附】张力夫《水龙吟谒峨眉山》……187
兵马司唱和……188
 步韵力夫兄……188
 【附】张力夫《北兵马司十七号》……188
 再和力夫兄……189
 【附】张力夫《前韵赠芈可》……189
 三和力夫兄……190
读伯元兄诗……190
寄蔡淑萍老师……191
 【附】蔡淑萍《步韵答京战》……191
贺人大国学院新风雅诗社成立……192
淮安行……192
 题淮安诗教现场会……192
 题淮安市城管局……193
 题淮安师院附中……193
 题淮安石塔湖小学……193
 到淮阴……194
 淮阴吴承恩故居遐想……194
贺　诗……194
金缕曲·步韵寄蔡淑萍老师……195

【附】蔡淑萍《金缕曲步韵答人》················195
网上跟帖（一）················196
　　【附】秀禾《少年》················196
网上跟帖（二）················197
　　【附】夜阑听雨《登西山》················197
花甲抒怀················198

诗词论文选

【附录一】
　　诗如其人················201
【附录二】
　　亲历、亲见与想象················204
【附录三】
　　"同身等韵"说················207
【附录四】
　　雨魂与诗魂
　　　　——读诗偶得················212
【附录五】
　　情浓化作竹枝声
　　　　——读段天顺《燕水竹枝词》················215
　　《燕水竹枝词》读后················217
【附录六】
　　适应新的时代　推进诗韵改革
　　　　——《中华新韵（十四韵）》
　　产生的前前后后················218

（一） ……………………………………………… 218
　　（二） ……………………………………………… 219
　　（三） ……………………………………………… 221
　　（四） ……………………………………………… 221
　　（五） ……………………………………………… 222
　　（六） ……………………………………………… 223

【附录七】

　　人生风景入诗行 …………………………………… 232
　　　　——《云泥诗苔》序 ………………………… 232

【附录八】

　　细参妙谛　动人心弦 ……………………………… 233
　　　　——读刘征新作《定风波》 ………………… 233
　　　　定风波·玉龙山望云 ………………………… 233
　　　　定风波·步韵刘征老《玉龙雪山望云》 …… 237

【附录九】

　　心泉濯诗　妙语天成 ……………………………… 238
　　　　——常永生诗《游敦煌莫高窟》赏析 ……… 238
　　　　游敦煌莫高窟 ………………………………… 238
　　　　游敦煌莫高窟 ………………………………… 240

【附录十】

　　我思文廉 …………………………………………… 241

【附录十一】

　　我和臧老的一段交往 ……………………………… 246
　　　　悼臧老 ………………………………………… 250

【附录十二】

情思的画卷
　　——任征《听涛集》序……………………………251
　　读《听涛集》有感………………………………255

【附录十三】

两岸诗缘　一瓣心香
　　——记大陆诗人与台湾诗人
　　马鹤凌先生的一段诗词交往……………………256
　　赴台湾访马鹤凌乡兄……………………………258
　　深切悼念马鹤凌诗长……………………………261
　　沉痛悼念马鹤凌诗长……………………………262
　　沉痛悼念马鹤凌诗长……………………………262
　　挽　联（三帧选一）……………………………262

【附录十四】

乡魂　民魂　诗魂
　　——《沈云诗词》序……………………………264
　　《沈云诗词读后》………………………………268

【附录十五】

胸中浩气，笔底风雷
　　——读《霜凝诗词选》中的旧体诗词……………269
　　初为人父……………………………………………270
　　秋游辉山……………………………………………271
　　参加锦州市乒乓球比赛任裁判员有感……………272
　　都江堰感怀…………………………………………273
　　游陶然亭……………………………………………274
　　内蒙古草原行………………………………………275
　　黄果树瀑布…………………………………………276

德天瀑布……………………………………………277
习　字………………………………………………277
三门峡大坝泄洪有感………………………………278
登庐山………………………………………………279
读《霜凝诗词选》中的旧体诗……………………285

【附录十六】

别裁新句作清吟……………………………………287
　　——《张守富诗词选》读后…………………287
　　咏徐州……………………………………………287
　　金陵见闻…………………………………………288
　　西湖游感…………………………………………288
　　三亚赋……………………………………………289
　　观黄果树瀑布……………………………………290
　　新疆赋……………………………………………290
　　澳洲行……………………………………………291
　　莫斯科杂吟………………………………………291
　　农民兄弟…………………………………………292
　　卜算子·咏板桥…………………………………293
　　寒山钟声…………………………………………293
《张守富诗词选》读后……………………………294

【附录十七】

喜看新蕾绽芬芳
　　——新韵创作现状的思考………………………295

【附录十八】

中华新韵歌诀………………………………………303
　　溪翁原著　赵京战改编…………………………303

【附录十九】

  采得云锦织天章

    ——简评张俊华绝句的艺术成就……………307

    过杜鹃山…………………………………………308

    红　树…………………………………………308

    秋　韵…………………………………………308

    棒槌石…………………………………………309

    燕　子…………………………………………309

    赋　雁…………………………………………309

    冬　雾…………………………………………310

    衡湖夏夜………………………………………310

    夏………………………………………………311

    冬………………………………………………311

    题《白鹭集》…………………………………312

【附录二十】

  悼戴云蒸老

    读京战《苇航集》有赠………………………313

    呈戴老云蒸先生………………………………314

    贺联：贺唐槐诗社成立………………………314

    贺诗：贺唐槐诗社成立并呈戴老……………314

    和戴老八十书怀………………………………315

    贺唐槐诗社周年庆……………………………316

    贺唐槐诗社三周年……………………………316

    悼戴云蒸老……………………………………318

【附录二十一】

引领幽燕花烂漫
　　——在任征、范俊海诗词研讨会上的发言……319
　　章碣：《焚书坑》……322
　　苏轼：《题西林壁》……322
　　杜甫：《又呈吴郎》……323
　　〔清〕张英《寄家人》……324
　　题任征、范俊海诗词研讨会……325

【附录二十二】

柔肠百转品人生
　　金缕曲·和儿子做贺卡……327
　　慈母吟（试翻《金缕曲》词意）……328
　　鹧鸪天·公园即景……328
　　辛弃疾《清平乐·村居》……329
　　金缕曲·感赋九岁小女孩余艳和她的养父……329
　　杜甫《又呈吴郎》……330
　　鹧鸪天·莲花……331
　　《鹧鸪天·莲花》……331

【附录二十三】

清清泉水寓心声
　　——孔祥庚《易门龙泉》赏析……332

鸣　谢……335

探索篇

(1972——2002 年度)

清平乐·中秋夜训（新声韵）

当空皓月，天半星羞落。直上九天观月魄，俯视繁灯闪烁。　　倏忽靶降升腾，往来电掣雷鸣。借问如何脚力？月翁只笑无声。

（一九七二年九月二十日）

西江月·夜航（新声韵）

十里茫茫星路，两排闪闪灯标。轻盈双翅渡银桥，一览星河琼岛。　　谁谓星河无水？琼花溅湿征袍。乘风展翅上清霄，长空又闻号角！

（一九七二年九月二十日）

渔家傲·在告别宴会上祝酒（新声韵）

走马异邦归赵璧，辞行宴上盈春意。错乱觥筹夸酒力。吾醉矣，圣贤到此应无忌！　　也学诗仙书醉语，兴来索笔添新句：借得东风能化雨，蛰龙起，神州指日腾骐骥！

（一九八九年二月五日）

游青城山①

天帝爱清凉，遣之赐尘壤。化作青城山，留为众仙赏。自有清俊骨，不染世炎凉。幽培耸云端，难睹真模样。慕名访仙迹，石梯攀援上。松枝扎手疼，竹叶拂背痒。一步一唏嘘，汗流浃背淌。游人渐稀少，四顾仅三两。才过引仙桥，凉气透衣裳。山涧不见底，唯闻水喧嚷。大瀑落惊雷，撼山山欲晃。小溪鸣琴箫。浅吟复低唱。风生幽谷鸣，云起岩石傍。滚滚林涛吼，蒙蒙天雨降。顿觉心神宁，百脉俱清爽。回首来时路，缥缈云雾挡。侧身过峭壁，兢兢用双掌。惊呼前程险，空谷传回响。忽闻仙乐声，香烟出紫帐。天师得道处，宫阙云飞扬。我有心中疑，直与天师讲："人生如苦海，如何觅帆桨？高卧云雾窟，能否避纷攘？舍身饲虎豹，岂非为虎伥？愿师赐慧剑，为我斩迷惘！"师闻口微张，声如雷霍壮："非有济世心，何作出世想？天边月盈亏，眼底水火旺。人职与天责，小子自称量！"抬手指天外，复如泥塑像。朦胧悟其意，忽又失其象。辗转山门外，迷津费徜徉。举目山之巅，蒸蒸风云荡。影绰如走马，虎豹相冲撞。欲进复徘徊，舍之实难忘。进退两不得，仰天独惆怅！

（一九九〇年五月十五日）

【注】

① 青城山，在四川省都江堰市境内，为道教四大名山之一，有"青城天下幽"之称。

登镇江北固山怀辛弃疾

稼轩才气世无双,北固楼台洒泪行。
杯酒难浇多块垒,河山不忍细思量。
罢官犹献平戎策,老去还歌紫髯郎。
大事果然了却否?千秋把卷费参详!

(一九九〇年五月二十一日)

汉中抒怀

汉中灵秀育奇材,每有歌吟动九垓。
韩信一追真不去?孔明三顾可重来?
卧薪方显英雄志,创业急需改革才。
大好河山休辜负,乘风展翅上琼台!

(一九九〇年十月十八日)

吊诸葛亮墓（新声韵）

荒丘衰草气萧森,冷月千秋一梦沉。
破阵谁重挥羽扇?知音孰复赋瑶琴?
三分误我还成我,一统争人却让人!
箫管悠悠听晚唱,曲中几是卧龙吟?

(一九九〇年十月十八日)

武侯祠

伊姜老去管乐死,羽扇纶巾少知己。祠庙空留松柏间。后人涕泗无休止。躬耕但问桑麻事,偶把闲情说弓矢。天移汉祚力难回,弦上宫商凝血水。一曲未终时势倾,且将山川和泪洗。汉中黄土英雄色,暂借一抔埋骨殖。一统三分如转瞬,千秋万代何曾已。大鹏欲作北溟游,鸿爪偶然留印记。调理阴阳如掌中,剪裁河洛只袖内。功过岂须着眼看,黎民忧患焦心髓。祁山高卧与天倚,困眼朦胧眠不起。鹤唳龙吟久未闻,松风如泣频吹耳。汉中多有巴人村,陇上常收蜀地米。犹似隆中把锄犁,子规声声天方霁。

(一九九〇年十月十八日)

记　梦

桂树婆娑枝叶轻,广寒深处淡云牛。
香烟缭绕琼楼影,翠幔飘传玉管声。
魂魄迷离沉醉境,瑶池钟鼓唤归程。
何时再傍银蟾坐,一沐柔光身自清!

(一九九一年十二月十五日)

蝶恋花·到咸阳

泾渭千年波濒洞。回望长安，处处高楼耸。拂野轻风禾浪涌，豆棚瓜架依村种。　　尘世沧桑谁醉醒？历历封丘，尽是王侯冢。曲里兴亡着意弄，游人争说秦兵俑。

（一九九二年五月七日）

踏莎行·夜访天池

月色如纱，山形似墨，丹青谁写悬寥廓！夜行峭壁不惊心，但听泉水喧沟壑。　　池水朦胧，雪峰闪烁。瑶池王母人间客。寒光清气一交融，身轻不必骑黄鹤！

（一九九三年八月六日）

虞美人·漓江泛舟

青山不忍离人远，步步随船转。云飞雨霁雾蒙蒙，又见群峰回影绕船行。　　竹排蓑笠飘然渡，疑是桃源路。青山深处有人家，一缕炊烟摇曳入流霞。

（一九九四年三月一日）

柳絮（新声韵）

傲雪凌霜斗岁寒，采来暖意洒人间。
报春不计身摇落，却被潮州作雪看[1]！

（一九九四年三月一日）

【注】
① 见韩愈《晚春》："杨花榆荚无才思，唯解漫天作雪飞。"

渔家傲·桃花

桂殿蟾宫风飒飒，瑶台宴罢分离乍。缥缈身形离月厦，吾去也，梦回流落红尘下。　　绿树枝头春意炸，东风却为闲抛洒。散入青山寻草舍，无牵挂，田郎好与成婚嫁！

（一九九四年三月一日）

江城子·寄家乡诸同学

初中聚首大何庄,少年郎,恰同窗。岁月艰难,薯菜充饥肠。六载光阴攀桂梦,风雨共,苦甘尝。　　匆匆投笔事戎行,驰疆场,望家乡。艺苑潮头,个个竞辉煌。但愿重逢游故地,邀挚友,话沧桑。

（一九九四年六月二十二日）

蝶恋花·记梦（六首）

（一）

魂梦不知寻觅苦,万水千山,寻到天涯路。未睹天涯山与树,千重雨雪千重雾。　　忽报云霄鸣阵鼓,一刹灵光,仙众骑龙虎。来往飘摇人影舞,云开雾散无寻处!

（二）

寻觅偏逢天意阻,水复山重,总是迷宫路。寻到忽闻人已去,茫茫大地知何处?　　仿佛琼楼相对语,欲说千言,辗转无词句。眼底深藏眼底诉,凭窗故指娑罗树。

（三）

野树荆棘荒草密，不意相逢，一霎却如石。冻雨寒风天似泣，无言唯有情脉脉。　　犹记蓬莱花径曲，仙众纷杂，辗转又相隔。漂泊天涯云外客，从兹唯有长相忆！

（四）

河汉茫茫星似洗，同坐轩窗，指点人间事。过客纷纷如社戏，无端演作悲愁喜。　　窗外寒光融雪水，桂影婆娑，阵阵微凉意。云路迢迢筹归计，偏无王母金簪子！

（五）

月弄银波河汉静，一叶轻舟，浩荡天风冷。星映霓虹成幻境，痴迷还觉真如梦！　　忽见群魔来倒影，浪起波旋，直向悬崖碰。舟碎人翻无底井，一身冷汗方惊醒！

(六)

疑是昆仑高极处，冰雪晶莹，满眼飞云雾。缭乱寒光星落雨，狂风如箭穿丝缕。　　忽欲苍穹呼壮语，滚滚回声，直似崩天柱。雷电劈开生死路，黄河如线东流去。

（一九九四年十月一日）

读乔树宗《祭侄文》①

海咽山鸣日掩光，断肠风雨奠诗行。
乾坤造化潮阳笔，又祭乔家十二郎！

（一九九五年一月二日）

【注】

① 乔树宗，作者中学同学，陕西澄合矿务局机关党委书记，陕西诗词学会会员。

西江月·读稼轩词

破阵难圆旧梦，回天未改初衷。词中字字响雕弓，浩气磅礴潮涌。　　何必凭栏江左，不如锄豆村东。英雄醉眼不朦胧，虎啸一声雷动！

（一九九五年四月十八日）

读柳宗元

补天未就遭天谪,南渡潇湘泛汨罗。
岭树削拔如剑刃,石潭清冽似冰河。
长安北望浮云蔽,永郡西行奇景多。
墨写民魂成画卷,柳祠长伴柳江波!

(一九九五年六月十一日)

读《西厢记》

谁持彩笔写沧桑?说到情时每断肠。
诗里关雎真浪漫,人间枷锁太荒唐!
听琴待月皆豪举,引线传书是巧娘。
戏外从来还有戏,此方唱罢又开场!

(一九九五年六月十二日)

赠钱为宏①

寒梅翠竹傲冰霜,好句吟成韵绕梁。
心念苍生思报国,诗关教化可兴邦。
自知天意民心贵,莫被灯红酒绿伤。
燕岭春光谁占取?一花引得满园芳!

(一九九六年十月十日)

【注】
① 钱为宏,河北迁西方志办干部,北京青年诗社社员。

满庭芳·纸船

为甚成行?缘何分手?底事偏向天涯?几番风骤,浊浪卷狂沙?忍弃故人心意,全不念,兰桂新芽?纵然有,异乡花好,魂梦不思家? 堪讶。从别后,等闲误了,绿苇青葭。况玉宇琼楼,远隔烟霞。朝暮归帆不见,空负我,如锦年华。凭谁问,蓬莱径里,多是望乡花?

(一九九六年十月十日)

看电视剧《刘罗锅》（二首）

（一）

弯背何曾避世谗，直身又恐触青天。
局棋纷乱难投子，不许刘郎做圣贤！

（二）

坤是弯弓墉是弦，个中曲直戏中看。
干嘉盛世今何在？毁誉由人做笑谈！

（一九九六年十月十一日）

赠汤姆先生[①]

祖上开基青岛啤，蒙城设馆摄新奇。
姻缘喜结中华女，好友为题明月诗！

（一九九七年十一月一日）

【注】
① 汤姆先生，加拿大人，住蒙特利尔市，照相馆经理。祖籍德国，其叔祖父是青岛啤酒厂的创始人，其妻是加籍华人。

岳王庙岳飞塑像

凝目扬眉浩气多，忧心仍是故山河。
欲将一剑平胡虏，争得千秋正气歌。
世事如云忽聚散，人间无处不风波。
凭栏又见潇潇雨，隔水隔山望汨罗！

（一九九七年四月十日）

雨霖铃·步耆卿原韵赠衡水诸同学

归采心切，正桃城柳，絮飞无歇。柔风细雨轻洒，山花绽处，春光争发。燕剪轻云，向丽日，歌舞啼咽。念故友，魂梦迷离，踏破滹沱水天阔。　　当时哪信真离别？最伤神，岁岁中秋节。孤鸿只字无寄，凭泪眼，断肠年月。坎坷今生，恰似身来命里偏设。将你我，多少悲欢，把酒临风说。

（一九九七年四月二十二日）

念奴娇·香港回归感赋

粤天无际,望香港,过眼百年风物。收取硝烟,和血泪,熔铸铜墙铁壁。泰岳擎天,珠江泻海,浪卷滔天雪。一曲归棹,高歌笑慰英杰。　　从今大好河山,风和日丽,看千帆争发。唤起苍龙,衔河汉,化作繁灯明灭。玉蚌含珠,金瓯怀璧,不离如肤髮。紫荆花艳,蟾宫长伴明月。

（一九九七年五月一日）

读白居易（二首）

（一）

野火春风铸伟词,居难居易几人知?
眼前离乱征徭苦,集里秦吟乐府诗!
风雪山翁烧炭日,琵琶商女断肠时。
篇篇长恨谁能解?千载悠悠一梦痴!

（二）

一句春风撼洛城，便将诗赋许平生。
秦吟字字黎民泪，乐府行行稼穑声。
宦海浮沉鸿爪乱，菩提参透月轮清！
琵琶犹诉浔阳月，曲曲翻如万籁鸣！

（一九九七年五月二十日）

海外寄友人

命运难知亦易知，人缘天意两由之。
依然满脸书生气，仿佛百年岁月迟。
濯翅银河星烂漫，跻身尘世影迷离。
瑶台应是清凉界，你赋丹青我赋诗。

（一九九七年八月十日）

西山红叶（二首）

（一）

采得红霞缀岭头，更研朱墨着风流。
西山枫叶沉吟久，一笔写成天下秋！

（二）

登高一曲唱秋风，唱到重阳情最浓。
枫叶知音如佳丽，闻歌争染两腮红！

（一九九七年十一月一日）

采桑子·新春寄友人（二首）

（一）

星移斗转无休止，又是春光。遍地春光：转眼桃红五谷香。　一元复始开新运，任重途长。语莹心长：明月婵娟入画廊。

（二）

回天难续儿时梦，尘世沧桑。人事苍茫，犹效达摩一苇航。　新春有意托鸿雁，一页诗行。一曲衷肠，采得灵芝祝酒觞！

（一九九八年一月二十日）

满庭芳·元宵月

轻启明眸，徐开笑脸，云桥初上迟迟。天风飘举，飒飒弄裙衣。素手玉轮移处，将碧宇，抛满柔丝。回头望，大千尘世，灯火已参差。　　迷痴。凭寄语，良宵佳节，怎遗言词？便羽扇纶巾，可解心诗？搜遍茫茫人海，百年一瞬，欲会何时？谁知我，清光万里，缕缕是相思？

（一九九八年二月二十日）

卢沟桥

弓身犀年护长河，拂拭栏杆弹洞多。
欲助舟车输玉帛，忍将血火洗干戈！
当年一炮惊华夏，何日八方无寇倭？
半世硝烟虽逝去，雄狮五百爪常磨！

（一九九八年六月九日）

揭晓《百将印展》志贺①

拂拭昆仑玉,剪裁胆剑篇。
石中藏浩气,别有一方天!

(一九九八年十月一日)

【注】
① 揭晓,作者战友,军事科学院干部,舒同秘书。精篆刻,曾为亚运会所有冠军治印。其为一百名将军治印,在军事博物馆举办"百将印展"。

寄盘旭华诗友①

盘古开天旭日华,人间小憩是诗家。
为描锦绣研朱墨,欲说真情费齿牙。
偶得天然如嫩叶,便烹平仄作新茶。
品来应只苦滋味,却被偷添茉莉花。

(一九九九年三月十五日)

【注】
① 盘旭华,北京燕山石化集团化工三厂干部,北京青年诗社社员。

苏幕遮·寄高中同学①

　　电波传，鸿雁寄。梦绕魂牵，人在幽燕地。昨夜幽燕风乍起。落叶纷纷，多少初寒意？　　叶题诗，图索骥。岁月匆匆，底事犹堪记？新得香笺兼彩笔。为报知音，巧写连环字。

（一九九九年十二月一日）

【注】
① 高中同学张孟欣、李海涛、张申、张君恋、燕春友、孟栋臣、和秀芳等，久未见面，近日纷来书信问讯，颇受感动。

步韵李明声先生《痴拳迷剑》①

　　拳剑痴迷即是诗，神游太极采新词。
　　迷茫万象未生处，动静一阳初起时。
　　汉阙秦宫飞梦蝶，华山渭水显身姿。
　　层天更上云梯路，一悟玄机心自知。

（二〇〇〇年七月三日）

【注】
① 李明声先生，退休干部，诗人，住西安，《陕西诗词》编辑。

贺萧乡诗社成立十周年（兼呈唐惕阳先生）[①]

萧萧红叶倩谁题，生死场中奇女儿。
婉转柔肠真寸断，招魂还唱大江诗。

（二〇〇〇年七月三日）

【注】

① 唐惕阳，1927年生，离休，住广州，诗人，自然保护作家。《当代诗词》主编，萧乡诗社副社长。黑龙江呼兰县是萧红的故乡，其诗社名为"萧乡诗社"。

读聂诗全编赠侯井天先生[①]

泥途坎坷忆当年，一夜北荒成夙缘[②]。
诗苑弩长堪射虎，泉城井小可容天。
明湖汲水滋三草[③]，泰岳培松系五编[④]。
从此济南纬一路[⑤]，新开第七十三泉[⑥]。

（二〇〇〇年七月三日于济南）

【注】

① 侯井天，山东省委离休干部，诗人，住山东济南，《聂绀弩旧体诗全编》的编者。

② 夙缘，指侯与聂曾在东北某招待所同屋住过一夜，但并未相识交谈。

③ 明湖，指济南的大明湖；三草，指聂诗《北荒草》《赠答草》《南山草》，合称《三草》。

④ 五编，指《聂绀弩旧体诗全编》第五编（最后一编）。

⑤ 纬一路，指济南市纬一路，侯老的住址。
⑥ 济南古称有七十二泉，故称泉城。

读聂绀弩旧体诗（三首）

（一）对偶

偏正严宽任说评，且将佳偶系红绳。
双行双止鸳鸯句，一应一呼珠玉声。
诗意雕龙骈易似，天心度世散宜生①。
轻舒彩凤连翩翅，舞尽风骚万古情。

【注】
① 聂绀弩的诗集名为《散宜生诗》

（二）双关

谁写国风开卷篇，动人心处是双关①。
采来天地阴阳调，融进琵琶大小弦。
妙语连珠真妙手，天衣无缝是天然。
才疏愧我无三耳，听到曲终方解玄。

【注】
① 《诗经·国风·关雎》："关关雎鸠，在河之洲。"

（三）幽默

青草离离遍世间，北荒种了种南山[②]。
几经冬夏无寒暖，一样死生忘苦甘。
我辈岂于Q辈等，塞翁应作迅翁看。
诗成且系蟠桃树，结果开花九百年。

（二〇〇〇年五月十五日）

【注】
② 聂绀弩诗集《北荒草》《南山草》。

知痴诗[①]

知是学诗非学痴，诗成人已到痴时。
却将万绿兼千紫，只剩三江共四支。
欲为诗坛添丽句，偏从痴境觅真知。
"江山不幸诗人幸"，所幸诗人醒最迟。

（二〇〇〇年六月十日）

【注】
① 此为青年诗社作业。

读《三非集》赠李师金诗友①

掩卷呼天问是非,臂长难挽大江回。
每将旧药医新病,却把新诗换旧醅。
五十得师金不换,百年有望鹤来归。
登楼再唱西江月,一曲催开八楚梅。

(二〇〇〇年八月一日于济南)

【注】
① 李师金,1925年生,湖北石首人,退休干部,诗人,中医,于岐黄颇多造诣,书斋名"未名斋",有《三非集》《囊萤吟稿》见赠。

答友人

非云非雾亦非烟,景物千千任我看。
兔走鹰飞皆本色,桃红柳绿白天然。
静观世事炎凉改,细品人生苦乐牵。
一苇横江逐浪去,也随风雨也随缘。

(二〇〇〇年三月二十五日)

答钱学昭诗友[①]

汉家昭姬已久违，汉书箧签满伞灰。只手画龙难下笔，孤身探骊每空回。初识钱君诗社里，皇室帐下名门子[②]。岩畔明月松下泉，清词丽句天雨洗。卢沟弹痕涕泪多，莱茵河岸柳婆娑。西山枫叶北海雪，凭栏又吟望月歌。歌罢回眸心坦荡，甘苦荣辱浑相忘。瑶池蓬岛任我游，手采紫芝足踏浪。踏浪归来复论诗，铅华脱尽见真姿。携卷来扣中郎府，再听文姬赋新词。

（二〇〇〇年十二月一日）

【注】

① 钱学昭女士，退休科技工作者，高级知识分子，青年诗社社员。自号翳杨楼主。

② 钱学昭是溥心畬弟子，钱学森的堂妹。

小重山·雪

昨夜天公碎锦袍。漫天飞冻絮，降鹅毛。小园台榭却妖娆：披银帽，疑是草堂茅。　　晓日映琼瑶。梨花开一树，几分娇。风吹玉蝶乱枝梢。迷离处，十二曲栏桥。

（二〇〇一年一月二十四日）

苏幕遮·元宵月

断云飞,银汉渺。玉镜临空,万里清光裘。一阵凉风脚月岛。桂影婆娑,落叶无人扫。　　淡霜凝,残雪耀。雪裹霜凝,染遍天涯草。欲采冰丝织素缟。鸡唱声声,转眼东方晓。

(二〇〇一年二月七日)

浣溪沙·静夜

莫负秋园夜半凉,绕阶独步九回廊,悄声怕扰梦人香。　　依约楼台埋夜色,迷离星月透轩窗。一天清露湿衣裳。

(二〇〇一年四月一日)

西江月·静夜

半夜融融月色,五更隐隐晨晖。时钟嘀答似相催,一递一声清脆。　　莫负良辰美景,且抛昨是今非。一番日夜一轮回,细品人生滋味。

(二〇〇一年五月一日)

农村竹枝词（三首）（新声韵）

（一）

布谷声声入翠微，春耕岂待鸟来催。
今宵夜校归来晚，定好时钟报晓晖。

（二）

爷辈备耕锄与犁，父修水泵柴油机。
我今电脑屏前坐，上网搜寻新信息。

（三）

摩托晓驾去如烟，百里省城一日还，
两眼笑容藏不住，合同百万又新签。

（二〇〇一年五月一日）

大棚竹枝词（四首）（新声韵）

（一）

大棚新建一排排，塑厦银宫向日开。
何事门前迎远客？专家请进小村来。

（二）

蔬菜青青满大棚，更逢春节好行情。
合同签字催三遍，晓驾摩托进省城。

（三）

龙眼荔枝棚内栽，江南风景巧移来，
姑娘伸手摘新果，请客先尝"一品梅"。

（四）

大棚桑叶绿油油。蚕茧一年三季熟。
邀请外商谈出口，奥迪一溜到村头。

（二〇〇一年五月一日）

子夜歌（四首）

（一）室内独坐

五更独坐不成眠，停笔凝神对彩笺。
欲寄心诗无好句，故描江水九连环。

（二）室内装修

日里钎锤不住忙，夜来犹忆噪音狂。
明朝白粉刷墙面，再把钢窗换铝窗。

（三）室内漫步

来回漫步踱方圆，不负蜗居五尺天。
足下并无千里意，夜深微倦好成眠。

（四）室内灯光

管灯关掉换台灯，夜半还无睡意生。
闭目蒙头藏不住，隔帘犹有一天星。

（二〇〇一年五月十日）

萧瑶诗友自南宁移居杭州赋此以赠[1]

文坛商海两逍遥，小试邕江万里潮。
忽报钱塘潮更阔，一壶龙井养天骄。

（二〇〇一年五月二十日）

【注】
① 萧瑶，1964年生，浙江人，诗人，企业家，有《逍遥山庄诗稿》（四集）见赠。

呈戴老云蒸先生

身游太极两仪间，流水行云出自然。
三晋风光收拾去，云蒸霞蔚是诗篇。

（二〇〇一年五月二十日）

读《南园草》寄武锡学诗友[1]

春到潇湘花更妍，北园翘首望南园。
沉吟细品集中句，句句原来是史篇。

（二〇〇一年五月二十日）

【注】
① 伍锡学，1948年生，湖南祁阳人，祁阳报社编委，湖南诗词协会理事，号抛书倦客。有《南园草》见赠。

读《衔月楼诗抄》赠古求能诗友[1]

自古贤人何所求？能诗能赋足风流。
醉人老酒还新酒？济世先忧抑后忧？
南斗光芒连北斗，潮州文气在梅州。
何时携卷岭南去，千里觅诗衔月楼。

（二〇〇一年五月二十五日）

【注】

① 古求能，1949年生，广东五华人，诗人，广东作家协会理事，梅州作家协会主席，《嘉应文学》主编，号衔月楼主。有《同声集》（《衔月楼诗抄》）、《嘉风》、《梅州颂》见赠。

读《适闲堂诗选》赠丁思深诗友[1]

适闲堂号见胸襟，夫子思深情更深。
君以坦诚酬乱世，天将坎坷富斯人。
工余酒后从容写，月下窗前仔细吟。
谁继元戎千载业[2]？焚香涤砚赋知音。

（二〇〇一年五月二十五日）

【注】

① 丁思深，1948年生，广东五华人，广东梅州嘉应大学副教授，诗人，号适闲堂主，有《适闲堂诗选》见赠。

② 叶剑英元帅，梅州人，诗人。

读《囊萤吟稿续集》赠李师金诗友①

天火偷来照夜行，此身谁料落鱼罾。
生逢乱世人逢鬼，浪打孤舟雨打萍。
千里有诗怜哑妹，百年无泪吊青卿。
一篇读罢忽惊醒，石首原来是石城②！

（二〇〇一年五月二十五日）

【注】
① 李师金，1925年生，湖北石首人，退休干部，诗人，中医，于岐黄颇多造诣。书斋名"未名斋"，有《三非集》《囊萤吟稿》见赠。
② 石城，意指《石头记》之城。

读《土楼居笔记》赠郭澹波诗友①

满架牙签信不虚，龙岩龙卧土楼居。
百年志士仁人事，一纪沧桑一卷书。

（二〇〇一年六月十三日）

【注】
① 郭澹波，福建龙岩人，1927年生，离休干部，诗人，有《土楼居诗稿》《土楼居笔记》见赠。

读《林下拾得》赠叶启林诗友①

初晴社里访诗仙，瑶圃琼林绕玉泉。
林下拾来花一朵，映红南国半边天。

（二〇〇一年六月一日）

【注】
① 叶启林，福建周宁人，电气总工程师，诗人，初晴诗社理事。有《林下拾得》见赠。

读《梦吟轩》诗草赠徐建群诗友①

神州游罢足痕深，胸有华章笔有金。
高卧祁连山外雪，诗成还待梦中吟。

（二〇〇一年六月十三日）

【注】
① 徐建群，兰州大学中文系毕业，在甘肃秦剧团工作，诗人。有《梦吟轩吟草》见赠。

西江月·读《存直童》步韵赠黄顺毅诗友①

　　好似灯前信笔，还如马背吟诗。也无绮语唬人词，不负"存真"吾志。　　犹忆清平乐调，更思归去来辞。是非成败任评之，忙煞张三李四。

（二〇〇一年六月十三日）

【注】
① 黄顺毅，诗人，住南京，有《存真集》见赠。

读《绿云楼吟稿》赠刘友竹诗友①

　　岁寒三友三君子，最羡绿云楼里人。
　　楼在浣花溪不远，人依蜀相庙为邻。
　　君臣庙里年年似，风景溪边日日新。
　　松傲梅孤各高调，平生爱友竹精神。

（二〇〇一年六月十三日）

【注】
① 刘友竹，住成都，四川石油管理局高级经济师，诗人，号锦里巴人，有《绿云楼吟稿》《刘友竹诗词钞》见赠。

西江月·读《七四感怀》寄王延龄先生①

遍历风霜雪雨，几经颠沛流离。莫非天意故为之？暂以此诗为记。　　每忆江城义举②，还擎西域红旗③。闲来试笔赋新词，一语犹惊天地。

(二〇〇一年六月十八日)

【注】

① 王延龄，湖北阳新人，1927年生，离休干部，诗人，住乌鲁木齐。《昆仑诗词》编委，有组诗《七四感怀》见赠。

② 江城，指武汉，武汉解放时，王在武汉师范求学，参加了党的地下组织——武汉人民解放先锋队。

③ 王曾主编《新疆红旗》杂志。

采桑子·读《观沧楼诗存》寄周明道先生①

观沧楼上风光好，东对汪洋，西眺余杭，南有咸亨老酒香。　　北面之江潮信至，收拾行囊，直往钱塘，径入周公大雅堂。

(二〇〇一年六月十八日)

【注】

① 周明道，1935年生，浙江萧山人，中医，诗人。斋曰观沧楼，有医著诗集多部行世。有《周明道著述选刊》见赠，该书包括《观沧楼诗存》《中国历代名人墓冢志》两部分。

答爱竹村诗友①

洗马银河去复回,望诗兴叹几徘徊。
何当洗耳听新调,十八拍声添梦来。

(二〇〇一年七月二十三日)

【注】
① 爱竹村,福建周宁县人,诗人,有长诗《拟笳十八》见寄。

一剪梅·读《凤翥五年》寄舒塞兄(新声韵)①

拂雾拨云望蜀乡:堰垒都江②,佛坐青江③。千年胜迹记琳琅:丞相祠堂④,诗圣茅堂⑤。　喜讯初闻喜欲狂:龙卧绵阳⑥,凤翥德阳。五年甘苦不寻常:万卷华章,万古流芳!

(二〇〇一年七月二十六日)

【注】
① 魏绍桓,笔名舒塞,住四川德阳,诗人,主编《凤翥诗刊》。有《凤翥五年》见赠。
② 指都江堰。
③ 指乐山大佛,座落青衣江畔。
④ 指武侯祠。
⑤ 指杜甫草堂。
⑥ 指绵阳出土文物。

读《聂诗管窥》寄杨九如先生（新声韵）[1]

北荒岁月自消磨，辨者虽稀探者多[2]。
水火煎熬何笑脸？死生冤屈怎欢歌？
莫非济世追尼父？难道打油效 Q 哥？
风雨牧童牛背上，一支芦管对黄河[3]。

（二〇〇一年八月三十日）

【注】

[1] 杨九如，1926 年生，湖北天门人，有《聂诗管窥》见赠。

[2] 见聂绀弩诗《赠答草·序诗》："语涩心艰辨者稀。"

[3] 聂绀弩诗《北荒草·割草赠莫言》："整日黄河身上泻，有时芦管口中吹。"此乃以"芦管"对"黄河"也。

寄爱竹村诗友[1]

三叠梅花寄玉壶[2]，松涛竹韵养真如。
解听无限孤山事，爱竹村边好结庐。

（二〇〇二年二月二十日）

【注】

[1] 爱竹村，原名陈丙东，1934 年生，福建周宁县人，工艺美术师，诗人，中华诗词学会会员，有《拟笳十八》《梅花三叠》《何所有初集》见寄。

[2] 爱竹村诗友寄来《梅花三叠》诗以贺新岁。

长白秋风歌

　　长白一夜秋风起,涤荡松辽八百里,云淡天高玉宇清,水光山色忽如洗。忆昔红紫擅芳菲,争春斗夏无休止,浓艳缔乱似虹霓,迷人阵阵香雾起。长白山高与天齐,十六连峰巍然立,冰肌雪骨无纤尘,暂借秋风发清气。清气一发势如奔,顿教云消天澄碧,林海松涛天籁鸣,时闻龙吟与鹤唳。诗意如潮滚滚来,濡笔蘸取东海水,长白诗友诗未成,清风浩气已满纸!

(二○○一年九月十二日)

一剪梅·寄杨小源诗友①

　　北秀园中看老枝,霜叶钉时,霜雪凝时。东陵雅韵正芳菲:昨日填词,今日吟诗。　　懊恼秋来雁信迟,促了归期,误了约期。九天北望诵君诗,芳草萋萋,杨柳依依。

(二○○一年十月二十四日)

【注】

① 杨小源,1941年生,原黑龙江集贤县文联主席,双鸭山市北秀诗社副社长兼秘书长,《北秀诗词选》主编,现住沈阳、有《北秀诗词选》见赠。

一剪梅·寄包德珍诗友①

浩荡诗思贯斗牛：十日游踪，百首吟酬。连翩佳句竞风流：自传琵琶，李贺箜篌。　　吟罢低眉细探求：腹内丘山，诗里雎鸠。萧乡一老自千秋：侣友苏辛，笑傲王侯。

（二〇〇一年十月二十五日）

【注】

① 包德珍女士，1940年生，黑龙江呼兰县人，诗人，企业家，黑龙江呼兰县萧乡诗社社长，现住海口市。有《包德珍与萧乡诗友唱和专集》见赠。

一剪梅·寄伯州兄①

济世何辞两鬓丝，左手悬壶，右手悬诗。岐黄雅颂采双芝：针药医迷，心药医痴。　　世脉沉浮费把持，几度唏嘘，几度沉思。良方易访药难齐，才下青城，又上峨眉。

（二〇〇一年十月二十八日）

【注】

① 赵伯州，1911年生，四川犍为人，中医，诗人，于医学诗学皆多著述，有《闲吟客诗词选集》见赠。

一剪梅·哭伯州兄①

泽被苍生誉满川,针药回天,翰墨惊天。瑶台此去几时还?可得身闲?可得吟闲②? 一剪梅花雁信传③,枉结诗缘,未睹尊颜。华章一读一潸然,君在广寒,我在尘寰。

(二〇〇二年二月五日)

【注】
① 伯州兄于 2002 年 1 月 17 日去世。
② 伯州兄自号"闲吟客"。
③ 2001 年 10 月 28 日寄赠伯州兄《一剪梅》一首,12 月 24 日伯州兄步韵和《一剪梅》一首寄我,因元旦假期所误,我于 1 月 7 日收到,兄却于十日后仙逝,其绝笔也!

步韵寄包德珍诗友①

乘风游碧霄,趁雨赏溪桥。
一识南天客,兰亭路不遥。

(二〇〇二年二月二十八日)

【注】
① 包德珍,黑龙江呼兰县人,萧乡诗社社长,现居海南。

读吴瘦松《本命年咏马》诗奉和

得偷闲处且偷闲,闲字与贤须两兼。
不忍老松长瘦去,且持闲字赠君前。

(二〇〇二年二月二十七日)

【附】

吴瘦松《本命年咏马》

驽钝争嘶未肯闲,狂奔伏枥苦难兼。
奋蹄怎敌西风紧,雪拥蓝关总不前。

(壬午新春)

寄石春学诗友[①]

莫叹蓬莱雁信迟,龙江水暖鹤先知。
此身愿作萧乡客,春学丹青夏学诗。

(二〇〇二年二月二十八日)

【注】
① 石春学,黑龙江呼兰县"萧乡诗社"秘书长。

步韵答何达成诗友①

莲花五朵育英贤②,有幸诗心结善缘。
梅岭将星开舜鼎,潮州文气照尧天。
知音故友余三两,论剑新雄有万千。
忽报九霄鸿雁至,口衔南国鹿鸣篇。

(二〇〇二年八月八日)

【注】
① 何达成,广东省五华县人,岭南诗社五华分社副社长,五华县老战士联谊会副会长。有诗《读〈苇航集〉致苇可吟长》见赠。
② 五华县,在莲花山北麓,人杰地灵。

读《何所有初集》赠爱竹村诗友

问君何所有?所有寸心知。
村绕松梅竹,案盈书画诗。
品茶邀月兔,沽酒问山妻。
不写归来赋,东墙菊满篱。

(二〇〇二年八月八日)

谢爱竹村兄赠印①

龙门剑阁采天章，拂拭刀痕带紫光。
何处仙人施妙手？秦家丞相汉中郎②！

（二〇〇二年八月三十日）

【注】

① 爱竹村先生善篆刻，手治"苇可之印"一方，千里寄赠。因谢之以诗。

② 杜甫《李潮八分小篆歌》："秦有李斯汉蔡邕，……丞相中郎丈人行。"

答吴颂声诗友①

十八娇容八十翁②，翁媪踏歌江畔从③。
知是诗仙游下界，岭南邀我赏葱茏！

（二〇〇二年八月三十日）

【注】

① 吴颂声诗友，广东五华县诗词学会会员。

② 吴颂声《沿江拾翠之一》："凝神识得庐山面，十八娇容八十翁。"

③ 吴颂声《沿江拾翠之二》："心受歌迷犹未减，婆邀公答踏歌还。"

寄钱学昭诗友①

翳杨楼主厌芳菲，小憩祁山效采薇。
偶尔静听青叶落，有时闲看白云飞。
东篱黄菊邀谁采？西苑诗盟待友归！
寄语陶渊明弟子：几时携卷踏歌回？

（二〇〇二年九月二十二日）

【注】

① 钱学昭诗友，自号翳杨楼主。今在北京社会福利院疗养数月，院址在朝阳区祁家豁子，故戏称之为"祁山"，非诸葛六出之祁山也。

读《青萍诗文集》赠季龙华诗友（新声韵）①

龙吟华夏五千春，又见《青萍》珠玉音。
无病七旬堪福寿，有诗一卷不清贫②。
星洲酬唱即席赋，尘世沧桑把酒论。
愿携《三草》金陵去，丁桥结伴共长吟。

（二〇〇二年十二月三十日）

【注】

① 季龙华，1931年生，江苏盐城人，教育家、诗人，自号"青萍主人"，《江南诗词》副主编，现住南京丁家桥。有诗集《青萍诗文集》见寄。

② 《青萍诗文集·青萍自释》："青萍"，乃取"清贫"的谐音。

癸未篇

(2003年度)

读《晚晴翰墨吟》赠斯大品诗友①

人中大品是诗豪，诗品亦如人品高。
偏向晚晴夸翰墨，一吟可退浦江涛。

（二〇〇三年四月二十日）

【注】

① 斯大品，浙江东阳人，1932年生，曾任上海市政府副处长、调研员，上海诗词学会及多家诗词学会、书画家协会会员。有诗词书法绘画集《晚晴翰墨吟》见寄。

读《飞瀑集》赠杨逸明先生①

一帘飞瀑泻琼瑶，装点诗坛分外娇。
直使白元输讽喻，还教韩贾逊推敲②。
圣者无言贤哑音，独开法度是诗人。
偶将刀尺裁华夏，裁得长城作短巾③。

（二〇〇三年五月一日）

【注】

① 杨逸明，江苏无锡人，1948年生，上海诗词学会常务理事、秘书长。有诗集《飞瀑集》见寄。
② 见《飞瀑集·题照》："门前何忍久盘桓，未敢推敲鼻已酸。"
③ 见《飞瀑集·金缕曲·戏说长城》："我觉长城短巾耳，华夏肩披肘露。"

踏雪寻梅（四首）

（一）

诗情画意写婵娟，晋爱菊花唐料丹。
一自宋人开只眼，春光占尽是孤山。

（二）

李艳桃夭错解春，荷肥菊瘦韵难纯。
寒冬冰雪悬崖畔，寻到梅家始见君。

（三）

雪映幽香月映姿，恰逢青帝访春时。
故将花讯三千色，赋与梅家第一枝。

（四）

雪中月下久徘徊，为探清香几度来。
欲折一枝天上种，仙娥不肯到瑶台。

（二〇〇三年五月七日）

步韵致树喜兄①

昔日"专机"今忘机②,梅花杨柳两依依。
武陵别有新天地,写到真奇却不奇。

(二〇〇三年五月十二日)

【注】
① 李树喜,1945年生,笔者高中同学,现任光明出版社社长兼总编辑。中华诗词学会培训中心主任。
② 笔者曾在空军担任专机飞行员。

读《世纪荒言》①

曹翁故事蒲翁编,又得迅翁心意传。
读罢令人难掩卷,一颦一笑一凄然。

(二〇〇三年五月十四日)

【注】
① 《世纪荒言》,李树喜著。

项羽戏马台

王气烟销霸气空，犹从台榭忆重瞳。
揭竿未得先陈胜，践约偏教后沛公。
釜破舟沉争乱世。卒坑帝废寓图穷。
苍天生我还亡我，辜负移山盖世雄。

（二〇〇三年六月十日）

念奴娇·黄河壶口

大河南下，任黄龙，滚滚狂奔无忌。浊浪拍天天欲裂，鼙鼓遥闻云际。昆脉冰融，银河堤决，一泻三千里。连环九曲，得将华夏萦系。　　登临漫说兴亡，金戈铁马，多少连台戏。秦魏长城遗迹在，时见鼠穿狐寄。不忍思量，波间浪下，淘尽英雄迹。游人到此，放声应洒清泪。

（二〇〇三年七月十日）

编辑生活剪影（五首）

一、审 稿

挑灯伏案费沉吟，句句篇篇仔细斟。
冀北群中搜骏马，周南乐单辨瑶琴。
每逢佳作心中喜，哪管萨斯窗外侵。
朱笔一支如耒耜，好移苗树入琼林。

二、改 稿

璧有微瑕圃有芜，切磋芟剪费工夫。
每忧手重伤原玉，还恐草长遮嫩株。
调柱调弦依旧曲，点睛点石看新图。
词林莫许添樗栎，诗海不教留弃珠。

三、编 稿

布阵排兵岂惮烦，劣优得失寸心间。
安排彩线串珠玉，调整垄畦栽菊兰。
铁板铜琶凭激荡，低吟浅唱任回环。
已将雅颂铭周鼎，应置关雎第一篇。

四、校 稿

清样原文左右持，偏从马迹辨蛛丝。
心忧倦眼迷形似，手把台灯近处移。
百卉丛中搜细草，珠玑堆里觅微疵。
争风人炒伊拉克，挥汗谁知兵马司！

五、新刊出版

墨香如酒醉多情，百苦千辛一扫平。
弄瓦弄璋皆喜讯，种瓜种豆见收成。
选编校改知忧乐，功过是非由说评。
我愿逢人便高喊：诗坛今日得新丁！

（二〇〇三年八月十四日）

松辽行

长白天池歌

银河翻波潜蛟怒。一浪翻小天爆去。溅落人间地母惊,急捧玉樽收接住。天水激荡玉樽摇,惊呼地震天神怒。三山五岳为低昂,险些西倾不周柱。水激樽摇电火奔,岩浆如沸火如云。天崩火窜烟尘滚,人间唤作火山喷。火灭水冷玉樽静,此是天池初落定。地母朝天赴瑶台,偶从云隙窥玉镜。百千万岁云雾封,人间哪得睹真容。唯见飞瀑悬绝壁,峡谷震荡如雷轰。今我来作云游客,也学先贤拜南岳①。精诚所至金石开,仙人弹指乌云拨。云开雾散天澄清,一池清冽碧如凝。绿蓝变幻深难测,池底仿佛埋水晶。天姿玉质赏无遗,想见当初水生时。仰首望天天无语,山风呜呜吹我衣。

(二〇〇三年八月二十三日)

【注】

①韩愈谪潮州,过衡山,山为云所封,祷而得见焉,此即为东坡所言"诚开衡山之云"也。

山海关老龙头

卧身北国作篱墙，冷眼旁观也断肠。
兄弟偏将天意忘，硝烟频染老鳞黄。
燕山美景无心赏，渤海狂涛当酒尝。
一饮汪洋落三尺，新添小岛号秦皇。

（二〇〇三年八月二十八日）

山海关姜女庙

姜女秦皇论罪功，王心民意不相同。
王心只愿龙威振，民意唯求田谷丰。
尘世迷时香火盛，河山湿处泪痕浓。
天怜一个多情女，祠庙千秋胜祖龙。

（二〇〇三年八月二十八日）

山海关

　　山海关门谁能走？锁钥河山如户牖。一夫当关便莫开。况复雄兵万夫守。敕勒草茂牛羊肥，健儿俱是射雕手。胡人牧马屡窥边，汉将沙场征战久。弓刀映日日光寒，大漠白骨堆枯朽。英雄扼腕问苍天，南渡君臣犹掣肘。列强战舰海上来，一炮先轰老龙首①。雁门居庸如纸薄，卢沟桥狮空自吼。塞南塞北无分别，蹂躏神州如刍狗。斗转星移物华新，不重干戈重睦邻。战争已称立体化，一道矮墙何足矜。世界奇迹我独有，遗产已申教科文。城头商机正无限，开发即可把钱赚。姜女庙添新景点，望海楼②开螃蟹宴。导游顺口说兴亡，碧海茫茫听已厌。潮如白发卷复舒，声声空向游人叹。

　　　　　　　　　　（二〇〇三年八月二十八日）

【注】
① 山海关老龙头之澄海楼，1900年被英舰炮火击毁。
② 望海楼，山海关旁一饭店名。

赠梁世五兄[①]

京华慕名久，今日识梁兄。
品若天池水，诗如长白松。
片言知胆略，杯酒话豪雄。
何日风云际，松江起蛰龙。

（二〇〇三年八月二十七日于北戴河金海园）

【注】
① 梁世五，吉林人，于北戴河第 16 届研讨会相识。

题《怀玉堂诗选》[①]

未到霍邱地，先吟怀玉篇。
临风观竹菊，趁月赏芝兰。
悼祖催人泪，登峰任客眠[②]。
知音无远近，流水绕高山。

（二〇〇三年八月二十八日）

【注】
① 何怀玉，安徽人，于北戴河第 16 届研讨会相识，嘱题诗集，遂应命。
② "悼祖""登峰"，《怀玉堂诗选》中的诗篇。

鹧鸪天·中秋月

丹桂婆娑花满枝，吴刚来报兔仙知：嫦娥今夜分灵药，付与人间酿好诗。　　花益智，叶医痴。寒光先送霍山隈①。清香直上诗人笔，句句篇篇醒世词。

（二〇〇三年九月十一日）

【注】
① 霍山，中镇诗社所在地，建有诗人山庄。

读杨逸明《金缕曲》①

妙手谁裁锦字诗？河山间气几人知？
欲从雅颂翻新调，先读杨家金缕词！

（二〇〇三年九月十四日）

【注】
① 杨逸明，上海人，上海诗词学会副会长，中华诗词学会副会长。有诗集《飞瀑集》行世。

沁园春·登孙隐阁

　　浏阳有孙隐山，上有孙隐阁，为药王孙思邈隐居炼丹处。9月15日，与诗友蔡淑萍、杨逸明冒雨而登，于阁上凭窗而眺，买茶而饮，实为快事。填词为记。

　　高阁登临，凭窗极目，快哉新凉。有一支折扇，尽收今古；三杯清茗，细品潇湘。塔压青山，桥横碧水，满目繁华锦绣乡。烟岚外，恰礼花竞放，景衬斜阳。　　谁书碑石琳琅？记仙客千金济世方①。忆四十三年，桥边洗药，百千万次，井畔煎汤。壶里乾坤，洞中日月，化作悠悠一梦长。梦醒处，再呼童换盏，重话沧桑。

（二〇〇三年九月十五日）

【注】
① 指孙思邈《千金要方》《千金翼方》。

赠东邀①

谁敢诗豪兼酒豪？芙蓉国里看天骄。
三浮大白吟金缕，惊起洞庭千里涛！

（二〇〇三年九月十八日）

【注】
① 熊东邀，著名诗人。时在浏阳17届研讨会期间。

贺唐槐诗社成立并呈戴老①

桐叶封唐开纪元,国风十五幸流传。
难老泉边新结社,吟声惊醒太行山!

(二〇〇三年十月二十八日)

【注】
① 戴云蒸,太原唐槐诗社社长。此为诗社成立时应戴老之约而作,故效折腰体,以表敬慕之意。同时寄去对联一副:"三强韩赵魏于今犹是,九章勾股弦在诗亦然"。

甲申篇

（2004年度）

贺刘征老治愈眼疾①

先生多奇诗,今又奇迹见。未进八卦炉,巧将金睛换。满月嵌双星,炯炯真如电。不须借晶莹,可写蝇头篆。不须上层楼,天涯凭望断。人皆贺诗翁,我心独忧患:能观世浊清,恐惹君喟叹;能察民饥寒,恐劳君悬念。故邀蓬莱仙,来赴刘郎宴。三巡换大觥,即席赋长卷。莫待天子呼,此是武陵岸。卜居北三环,采菊蓟轩畔。沐手复焚香,再续诗仙传。

(二〇〇四年六月四日)

【注】

① 刘征,著名诗人,《中华诗词》名誉主编。是年春,刘老作眼睛手术。

谢爱竹村兄赠茶

久闻闽山茶,生在清凉国。为使性灵真,故教雪后发。丛丛依溪云,簇簇傍泉石。暮雨滋虬根,朝霞染青碧。不肯入俗流,深山伴松月。竹村蓑笠翁,倚天攀绝壁。足踏武夷云,手濯蓬莱瀑。千山得一枝,万树采一叶。远寄长城边,慰我幽燕客。瓦壶煮沧浪,紫砂烹嫩绿。一饮发浩歌,声达闽山侧。三绕爱竹村,余韵惊天阙。

(二〇〇四年六月十四日)

悼周毅兄[1]

才读周郎赏月诗，一吟一恸泪难持[2]。
紫微昨夜添新宿，中镇今朝失健儿。
海岳留声君去远，霍山践约我来迟[3]。
冰盘又到团圆日，遥自幽燕奠酒卮。

（二〇〇四年七月九日）

【注】

① 周毅，中镇诗社社员。

② 去岁中秋，中镇诗社约社员异地赏月赋诗，时周君卧病北京协和医院，仍遵约于病房观月，得诗尾联曰"耿耿尚存来岁想，山中得与望冰盘"，令人读之潸然。呜呼周郎，何出此言哉？

③ 去年曾与斗全兄约，明年与淑萍姐同去霍山拜会诸诗友。斯约未践，周兄已逝。呜呼周郎，不我待也！

卜算子·为杨逸明题照

（摄于长白山天池川字瀑）

高处少人行，险处行人少。行到山高水险时，犹作回眸笑。　　笑也最传神，可惜无人晓。瀑布源头百丈崖，上有灵芝草。

（二〇〇四年七月二十五日）

水龙吟·拟陆游再题沈园壁

故园八百春秋，桃花池阁仍依旧。当时此处，惊鸿照影，宫墙拂柳。血染柔毫，泪研清墨，写红酥手。把粉墙题遍，玉栏凭断，伤心事，空回首。　　转看世间红袖，有情人，几多佳偶？华年失学，打工街市，三陪樽右。浪掷姻缘，苦争温饱，料心伤透。算不如分别，相逢犹可，赠黄滕酒！

（二〇〇四年七月七日）

和戴云蒸老八十书怀

八旬岁月逝云烟，一柱犹擎汾晋天。
不向庙堂寻旧梦，还从诗海结新缘。
爻辞卦象心能解，周柏唐槐手可攀。
也学磻溪直钩钓，垂纶难老做吟仙。

二〇〇四年七月二十四日）

步韵和张明善吟长①

瑶池桃叶几青黄，一梦红尘历雪霜。
偶为河山寻点缀，便拈平仄作铺张。
谁家铁笛吹无孔，此处灵台动有光。
辜负姑苏缘一面，未曾说破在当场。

（二〇〇四年八月一日）

【注】

① 张名善，苏州沧浪诗社社员。5月，余曾在诗社演讲，6月，张寄诗相赠。

喝火令·万柳吟贺柳塘诗社周年庆 (新声韵)①

去岁新栽种，经年灌溉勤。渭城风韵灞桥魂，更有东风裁剪，持赠薜萝裙。　　缱绻枝凝露，婆娑叶绾云。诗坛翘首望琼林：万柳塘边，万柳已成荫。万柳万支诗笔，写尽九州岛春。

（二〇〇四年八月五日）

【注】

① 沈阳柳塘诗社，杨小源先生为副社长。

贺青年诗社十周年 (步胡林先生原韵)

太庙乔松百尺余,松阴设帐绛云舒。
曾经左祸三番劫,重读关雎一卷书。
结社青年姿矫健,画图丹桂影扶疏。
十年育出琼林秀,直使兰亭叹不如。

(二〇〇四年九月一日)

民族风情录①

思佳客·三道茶 (白族)

十九连峰十八溪②,汇成洱海碧涟漪。峰头嫩叶海中水,壶里虹霓杯内诗。　　先品苦,再称奇,三杯回味起情思。金花手捧琉璃盏③,醉煞游人尽忘归。

(二〇〇四年十月一日)

【注】
① 此(及后面3首)为应中华诗词学会副会长梁东先生之嘱作。
② 大理苍山有十九峰,两峰之间形成溪流,故有十八溪。人称"十九峰十八溪"。
③ 因电影《五朵金花》故,白族姑娘喜自称"金花",游人亦以"金花"呼之。

思佳客·泼水节 (傣族)

又到阳春三月三,村村寨寨彩旗翻。姑娘小伙街心聚,竹碗铜盆手上端。　盆水溅,笑声喧,逢人泼出水中缘。春衫漉漉红裙湿,出水芙蓉朵朵妍。

(二〇〇四年十月一日)

更漏子·安昭纳顿节 (土族)

海螺吹,皮鼓擂,今日敖包相会。登鲁辫[①],固姑冠[②],彩虹花袖衫。　无心唱,频张望,忘了赛歌场上。欢声动,似雷鸣,阿哥赛马赢!

(二〇〇四年十月一日)

【注】
① 登鲁,土族姑娘辫子上的装饰。
② 固姑冠,土族姑娘的帽子。

贺力夫四十生辰

四十春秋冷眼看,风云大泽抱龙眠。
一朝惊醒沉酣梦,正是杨花二月天[①]!

(二〇〇四年十月十一日)

【注】
① 二月惊蛰,农谚:"二月二,龙抬头。"立夫属龙,此其时矣!是为贺。

蝶恋花·瘦西湖[①]

偏是斯湖缘瘦好,瘦了腰身,添了千般俏。出水芙蓉争巧笑,却教痴客难回棹。　　一曲清歌堤外袅,牵尽柔肠,百转千回绕。急急停杯三顾早,周郎今夜生烦恼。

(二〇〇四年十月十二日)

【注】
① 此为网上跟帖作。

思佳客·姑娘追（哈萨克族）

雪映天山牧草青，如飞双骑逐流星。姑追上郎挨打，笑语欢天鼓乐鸣。　　鞭举快，落鞭轻，似无情处最多情。秋波脉脉偷传语："甚日迎亲达坂城？"

（二〇〇四年十月一日）

【注】
① 此为网上跟帖作。

落　花①

风若霜刀雨若盘，纷纷坠下玉琅开。
秦坑不计香魂哭，禹甸忍教春色残。
青帝昊天犹笑傲，邪魔胆气已空寒。
芳心未可轻抛去，且把人间带泪看。

（二〇〇四年十月十六日）

【注】
① 此为网上跟帖作。

长　城

横看为墙竖是丝，南邻北合作藩篱。
金戈铁马阋墙戏，赚尽千秋毁誉词。

（二〇〇四年十月十六日）

蝶恋花·赠诗友（新声韵）①

回首人生朝与暮，纵有春光，哪可长留驻。嫩柳娇莺随意妒，秋寒方解春光促。　　回首春光抛洒处，一盏凉茶，寂寞停双箸。寸寸春光怎堪复？此生恨不能重度。

（二〇〇四年十月二十三日）

【注】
① 此为网上跟帖作。

赠羽黑诗友①

犹忆灵山会上逢，君骑香象我骑龙。
当时曾作拈花笑，却化人间七彩虹。

（二〇〇四年十月二十七日）

【注】
① 程羽黑，笔名黑黑，16岁，当时参加青春诗会，少年诗人。其诗老到，人称奇才。

读刘征老《白云乡诗记》感赋[①]

　　君之游兮东海东,驾青虬兮骖六龙。云帷霞幔兮万千重,左挽雷兮右携虹,白云之乡兮迓诗翁。　　君之游兮南溟南,北斗隐形兮箕横天。沅有芷兮澧有兰,麻姑采兮植我园,远游君子兮朝暮看。

　　君之游兮西洲西,采蓝莲[②]兮佩紫芝。锵然花落兮曷返其枝?鸟鸣嘤嘤兮在东篱,远游君子兮几时归?　　乱曰:白云如丝兮,可以为我衣。白云如棉兮,可以为我衫。一瓢一钵,鼓而歌兮:白云兮悠悠,胡不为我兮少留?

(二〇〇四年十一月二十日)

【注】
① 《白云乡诗记》,刘征旅居新西兰所作。
② 蓝莲,为澳洲特产之花卉品种。

贺唐槐诗社周年庆①

老泉汲水众仙栽,桂叶檀花献瑞来。
一自清徐醋香至②,诗坛惊目看唐槐!

(二〇〇四年十月二十八日)

【注】
① 应唐槐诗社社长戴云蒸嘱作。
② 唐槐诗社曾组织清徐醋业集团采风,创"诗企结合"先例。作品曾在《中华诗词》发表。

酬张申同学寄来花椒①

故人亲采大红袍②,为我三餐五味调。
每忆张庄挑野菜③,尤钦秦劫见真交。
枝头饱浸韩城雨,果粒堪称紫玉桃。
瓶里柜中关不住,芳香满室绕梁飘。

(二〇〇四年十二月一日)

【注】
① 张申,陕西韩城煤矿通信主任,工程师,诗人,笔者高中同学。
② 大红袍,花椒品种名,产于陕西韩城一带,为椒中上品。
③ 张庄,指张庄中学,笔者高中的学校名。在安平县后张庄村。

定风波·步韵刘征老《玉龙雪山望云》[1]

白雪蒙头作发猜，盈盈眉眼发中埋。谁拂云裳飘又住？挥去。素裙拖地任风来。　　欲写丹青调紫碧，凭地，亲掀纱帐锦帷开。骇散绕肩群玉蝶，惊绝，瑶池月下一童孩。

（二〇〇四年十二月二日）

【注】

① 玉龙雪山在云南丽江，海拔5596米，孤标耸立，常年积雪。其云忽聚忽散，乍雨乍晴，变幻莫测，蔚为奇观。刘征老有《定风波·玉龙山望云》一阕，颇得其神韵。

【附】

刘征《定风波玉龙雪山望云》

乍雨还晴煞费猜，玉龙一半着云埋。也解云流无定住，飘去，却疑山动欲飞来。　　雨散天青山自碧，满地，金黄靛紫野花开。自笑捕诗如捕蝶，奇绝，不知是叟是童孩。

（二〇〇四年十一月二十日）

题《琼崖挹翠》①

挹翠寻芳五指山，诗囊满后便须还。
当心挹尽琼崖翠，教我如何写续篇？

（二〇〇四年十二月十日）

【注】
① 海南诗词学会之诗集，会长郑邦利寄来。

赠星汉兄①

星汉灿烂，谁出其中？
一翅冲霄，天山之鹏。
垂天云翼，扶摇搏风。
回眸一唳，人间雷鸣。
万民翘首，争睹影形。
云淡天高，怎辨真容。
偶遗一羽，飘落鸿蒙。
龙文五彩，惊倒兰亭。
鹏飞万仞，追攀无凭。
跂而望矣，心蹑其踪！

（二〇〇四年十二月九日）

【注】
① 星汉，新疆师范大学教授，中华诗词学会副会长。

赠世广兄①

世之广矣，何以涉兮？
匪不有路，坎且坷兮。
匪不右车，颠且簸兮。
我有柏舟，为君泊兮。
我有良驹，为君策兮。
我有佳酿，同君啜兮。
执子之手，在君侧兮，
百回千折，同君乐兮。
唯思君子，心中恻兮！

（二〇〇四年十二月九日）

【注】

① 邓世广，新疆中医学院教授，新疆诗词学会《昆仑诗词》主编。中华诗词学会第二届代表大会期间，余去机场相接，飞机晚点，凌晨始至。所接者有邓世广、星汉、唐世政、万栓成等4人。

读《山溪笔韵》（新声韵）①

山溪一老笔无敌，矢志改革军号急。
时代风云收腕底，谱出新韵第一集。

（二〇〇四年十二月九日）

【注】

① 《山溪笔韵》，作者溪翁，是用新声韵写的诗集，故多用原入声字，以示褒贺。

读李商隐赠留兰阁主①

锦瑟闲抛说义山,伊谁为我解云笺?
周郎去矣难回首,越女思之空拂弦。
纵有柔肠怀锦绣,更无芳讯问婵娟。
真情一诉苍天泣,纵是无声也泫然!

(二〇〇四年十二月十日)

【注】
① 梁玉芳,号留兰阁主,广东河源县国税局办公室主任。中华诗词学会第二届代表大会期间,与星汉、陈修文等诸诗友聚会,酒茶佐谈,深夜方散。梁以研究李商隐之专著相赠,乃赋诗以酬。

答陈伟强诗友①

犹忆中秋赏月华,勒回天马供君驾。
当年一局烂柯棋,重约蓬莱松树下。

(二〇〇四年十二月二十日)

【注】
① 陈伟强,福建厦门人,曾参加《中华诗词》杂志社举办的"青春诗会"。

乙酉篇

(2005年度)

贺岁诗①

大地回春日，金鸡化凤年。
九霄听一唱，斯是艳阳天。

（二〇〇四年十二月二十日）

【注】
① 在中华诗词学会和北京诗词学会联合举办的迎春茶话会上即席所赋。

醉蓬莱·偕伯元力夫访卫中孟欣伉俪凤凰岭下①

羡卜居凤岭②，院种疏桐，窗含青野。案供幽兰，伴琳琅书架。初识蛾眉，雕龙奇技，有刻刀盈把③。还看先生，裁诗快手，矫如天马。　　旋采山桃，清蒸毛豆，雨细风轻，挑灯长话④。兴至狂来，任语惊荒夜。漫汲沧浪，细酌平水，正新茶烹罢。相约明朝，峰巅吹笛，遏云涛泻。

（二〇〇五年一月二十二日）

【注】
① 张伯元、张力夫、高卫中，青年诗社社员。
② 高君家住京郊凤凰山下。
③ 高妻孟欣乃雕刻艺术家。
④ 当夜停电，乃秉烛长谈，至深夜。

读东邀《小年诗》寄赠

梅花开岭表,诗讯到幽燕。
佳日得佳句,小年胜大年。

(二〇〇五年一月二十二日)

步韵蔡淑萍老师

日月经年旧,桃符隔夜新。
糖瓜粘灶口,爆竹颂官神。
有酒聊辞岁,无雷可报春。
遥知锦城里,箫管正纷纷。

(二〇〇五年一月二十九日)

【附】

蔡淑萍《乙酉除岁》

寒气今宵重,偏开一岁新。
人从闲里老,梅借雪精神。
举杯且辞岁,听雷疑报春。
凭栏久相望,焰火散纷纷。

(二〇〇五年一月二十八日)

步韵马斗全兄

星移斗转不稍迟,大地回春自有时。
尘海鱼龙争化蝶,霍山草木尽成诗。
欲凭腊酒同除岁,先寄梅花作祝辞。
珍重胸中书万卷,且将险韵记干支。

(二〇〇五年一月二十九日)

乙酉上元诗 (用王荆公韵) ①

上元明月古来同,底事今宵雪挟风?
城阙朦胧迷象外,街灯闪烁隐云中。
眼前都是难行路,冰上多为不倒翁。
心里婵娟长俊美,随诗遥寄荐诸公。

(二〇〇五年二月十二日)

【注】
① 中镇诗社社课作业,是日京畿大雪,元宵夜不得观月。

步韵世广兄（三首）（用卷帘格）

（一）

元夜新词仰邓公，天山峻骨付诗翁。
挥毫玉宇瑶池畔，洗砚蟾宫桂殿中。
欲把金针醒浊世，还吹铁笛唤清风。
和诗远有幽燕客，千里婵娟此夕同。

（二）

诗缘本与道缘同，敲韵悬壶唱大风。
身在烂柯棋局外，韵存焦尾绮琴中。
为开苦海通天路，采做金针济世翁。
欲把人生真脉象，寸关先问邓家公。

（三）

三卷珠帘揖邓公，昆仑坐帐仰诗翁。
寄身离坎六爻外，问道岐黄五典中。
赏雪权当赏明月，慕名岂止慕诗风。
徘徊酒绿灯红夜，尘海浮槎谁与同？

（二〇〇五年二月十二日）

答赵愚诗友①

尘世迷离久，无人识郑笺。
西风蚀华表，左祸蔽高贤。
为醒沉酣梦，来参平仄禅。
兰亭应有约，酹酒禹山前。

(二〇〇五年三月十四日)

【注】
① 赵愚，山西太原人，唐槐诗社社员。余被唐槐诗社聘为点评导师，曾去信评其诗。

谢世广兄改诗①

珍重天山翰墨缘，云笺先寄到于阗。
周郎顾曲初回首，朱子画眉三卷帘②。
细诊阴阳八奇脉，轻调子午小周天。
诗中似有人生路，一仄一平行渡船。

(二〇〇五年三月二十日)

【注】
① 每有诗作，先寄世广兄把关改正，受益良多，作诗以谢之。
② 2005年元宵节，邓兄寄诗来，遂以卷帘格和之，邓兄复和之，反复三迭矣。

大兴采风行

大棚采杏

草色初青犹带霜,棚中已见杏微黄。
谁遣东君春色改?看花时节果先尝!

(二〇〇五年四月十三日)

大兴观梨花①

疑是嘉州雪,妆成枝上花。
翩翩群玉蝶,簇簇绮罗纱。
欲逐香潮去,环怜月影斜。
遥知秋八月,硕果富农家。

(二〇〇五年四月十三日)

【注】

① 2005年4月13日,北京市林业局及有关单位,组织部分诗人书画家到大兴县采风,赏梨花、观大棚果蔬。晚间组织笔会,书法家马骏祥将此书成条幅,并书写了笔者撰写的对联"雪海香潮神州奇景,红宵黄冠奥运佳珍"。此篇及下二篇为采风期间所作。

大兴古桑林①

册日餐餐赖此桑，感恩不忘树封王。
论功应上凌烟阁，落户偏留庞各庄。
岂向云霞借颜色，还看翁媪是爷娘。
千枝葚果叮咛遍：岁岁丹诚献故乡！

(二〇〇五年四月十三日)

【注】
① 大兴古桑林。传说刘秀曾避难与此，食叶果四十日，后得脱，遂成帝业，乃封桑为"树王"，有碑记焉。

大棚采摘桑葚

绿叶婆娑翡翠裳，紫珠粒粒叶边藏。
悬枝恰似春蚕卧，触手还如软玉凉。
咬破嫩柔疑桂肉，嚼来清爽叹琼浆。
满唇染得胭脂色，归去犹存齿颊香。

(二〇〇五年四月十三日)

观 海

夕阳初照虎头坳，观海偏逢大退潮。
昨日涛来狂且怒，此时浪去缩还逃。
失巢虾蟹慌如蚁，出水礁岩矗似雕。
百计千方留不住，任它蛟鳄费嚣嚣。

（二〇〇五年四月二十一日）

和星汉《白丁香花》

花到孤山事已休，蜂喧蝶逐尽轻柔。
心中应有千千结，独对群芳着白头。

（二〇〇五年四月二十九日）

附：

星汉《白丁香花》

纷乱人间未肯休，妖红邪紫竞轻柔。
可怜一树丁香结，开到春风已白头。

（二〇〇五年四月二十九日）

晋北行

台怀镇题句①

华灯掩映似天街，游客呼名仔细猜：
应是佛山怀宝岛，故将小镇唤"台怀"。

（二〇〇五年五月四日）

【注】

① 2005年3月4日，山西忻州市委组织中华诗词学会赴忻州采风考察，当夜住五台山台怀镇宾馆。历时4天，共考察五台山，代县雁门关、杨氏忠烈祠、宁武冰洞、文庙、栈道、天池、古庙，忻州元好问墓等景点，并与忻州诗词界座谈。7日返京。

江城子·雁门关咏雁

天高风急叫声哀：雁门开，雁儿来。万里胡尘，何日扫阴霾？叫得征人肠寸断，乘月色，起徘徊。　戍楼刁斗绕前崖。遣愁怀，数烽台。数尽山山，水水又相挨。愿托飞鸿千里翅，传音讯，到秦淮。

（二〇〇五年五月五日）

五台山望北台积雪

山如佛座佛如山,山顶摩云遮圣颜。
一霎云开疑是雪,白头端坐看人间。

(二〇〇五年五月五日)

雁门关

赵武灵王炎黄胄,胡服骑射好身手,北遣大将御匈奴,雄关筑在雁门口①。登关振臂一声呼,声震单于大穹庐,胡骑欲射南天月,盘马收弓意踟蹰。秦皇开边意未已,汉武几番按剑起,中原貂锦丧胡尘,塞上胭脂凝夜紫。三关五隘结连环,六十四营固若盘,失雁门则失天下,天下安危系弹丸。将军弯弓拈箭羽,不射天狼射石虎,一箭没入石棱中,遥闻关楼响金鼓。三千年来战云飞,归雁到此每低回,览尽人间沧桑事,唯见白骨如山堆。我今来寻射虎处,举手扣石石不语。回望雄关耸云天,关墙斑驳无人补。

(二〇〇五年五月五日)

【注】
① 据《史记》载,赵武灵王17年(公元前309年)曾筑长城。

代县杨氏忠烈祠

逐得中原鹿①，移家塞上居。
子孙亲垄亩，童仆事樵渔。
虽有烽烟警，不知铜虎符。
唯留两台戏②，演说万年书。

（二〇〇五年五月五日）

【注】

① 杨氏后裔官居代地，狩，箭中鹿蹄，鹿带箭奔，逐之，忽不见，掘地而得石，有鹿雕其上，祥之，乃卜居代地，移家谱宗庙于此，乃有今日之"忠烈祠"焉。

② 忠烈祠前有两戏台，一名"歌功"，一名"颂德"。今仅"颂德"存焉。

元好问墓

每从佳句破迷津，久慕忻州黄叶村。
衰草荒丘暮烟里，揽衣三揖度针人①。

（二〇〇五年五月八日）

【注】

① 元好问："鸳鸯绣出凭君看，莫把金针度与人。"

野史亭[1]

野史亭前野草花，一枝红杏日边斜。
亭中曾有骑驴客，管领金元五百家。

（二〇〇五年五月八日）

【注】
① 野史亭在元好问墓之侧，匾额为徐继畬题。

留别忻州

土豆南瓜席上珍，主人劝酒过三巡。
相逢莫说官家话，此地乡音最动人。

（二〇〇五年五月九日）

采樱（二首）[1]

双河果园樱桃

不言红紫不言娇，珠玉琼瑶一例抛。
圆润晶莹人用遍，如何教我写樱桃？

（二〇〇五年五月二十五日）

【注】
2005年4月13日，北京市林业局及有关单位，组织部分诗人书画家到顺义县樱桃节采风。

采樱词

刘征老《采樱桃诗》有句曰："知是潇湘妃子笑，采菊翻作采樱词。"今特为铺陈其意，庶几近之。

潇湘妃子善窈窕，绿裙红衫身袅袅，肩上不荷葬花锄，臂间唯挎竹篮小。五月樱桃初长成，颗颗恰似红玛瑙。果讯先到大观园，传书曾托刘姥姥。百亩樱园翠欲滴，点点丹红蜂蝶绕。玉手分叶见晶莹，簇簇串串满枝杪。左采紫珠明月挡，右采红玉蓝田宝。忽见并蒂红鸳鸯，一双结得百年好。五子登科兄弟多，六七八颗莫计较。当年葬花人笑痴，此时采樱夸手巧。早知今日逞才能，何必当初焚诗稿。果篮满时兴正浓，锣鼓喧天惊飞鸟。协议已签新加坡，时鲜远销爪哇岛。归去不写菊花诗，十世仙缘犹未了：樱桃不是凡间树，应是九天绛珠草。

（二〇〇五年五月二十五日）

满庭芳·莲花池公园看荷花

绿袴红衫，凌波微步，婷婷袅袅难夸。洛神出水，一笑醉千家。欲问人间花讯，回眸处，波映蒹葭。待明月，临风起舞，倩影自横斜。　芳华。凭指点，鬓边戏蝶，裙底鸣蛙。任岸柳汀萍，钓叟菱娃。更有九州岛通驿，莲池畔，呼啸飞车[1]。平生愿，紫荆为伴，南国缀红霞[2]。

（二〇〇五年五月三十日）

【注】
① 莲花池公园北侧是北京西客站。
② 香港特区的区花是紫荆，澳门特区的区花是红莲。

浦源镇鲤鱼溪[1]

天水出山作小溪，溪流穿街贯东西，三餐淘米兼洗莱，人与溪水两相依。溪中鲤鱼初长成，条条都似通人情，漫游还知逐人影，人到溪边鱼不惊。郑家卜居在浦源，读书耕田仁义宣，相约不食溪中鲤，子孙已侍八百年。鲤是溪神最有灵，跃龙门便成龙，成龙不逐沧海去，桃花溪是水晶宫。朝看炊烟起前村，挑水姑娘绿腰裙．桃花照水春风面，鲤鱼窥见也入神。暮看村童放学归，溪边戏水浪花飞，鱼嬉人乐浑无忌，阿婆三唤不肯回。地灵人杰鲤神佑，学子商客遍九州岛，归来先到溪边望,为看锦鲤自在游。人间万事贵天然,人鱼同乐见一斑,天地唯有和谐美,浦源即是桃花源。

(二〇〇五年六月六日)

【注】
① 应诗友爱竹村之嘱为福建周宁县景点作。

打油步逸明兄《酷暑读书》韵

今年酷暑最心恢,每叹蒸笼盖不开。
人说凉风可能到,我看暴雨必然来。
忆曾忍见摧花雹,今更惊闻掩耳雷。
家有空调真足矣,书房便是小瑶台。

(二〇〇五年六月二十一日)

贺安平诗词学会成立

崔护桃花今又开，兰亭社结圣姑台。
滹沱本是清平调，丝网真堪格律材[1]。
千首好诗千号角，一行佳句一惊雷。
重阳勿忘茱萸事，更约早春看腊梅。

（二〇〇五年六月三十日）

【注】

① 滹沱河，海河一分支，流经河北省安平县；丝网，安平县主要产品，安平县为全国丝网中心。

贺衡水诗词学会成立[1]

每与兰亭翰墨亲，豪情不负武陵春。
湖边鸥鹭堪留客，诗里关雎最动人。
新竹摇风皆凤尾，老松披甲是龙鳞。
桃城纸贵缘何事[2]？佳句千篇赋洛神。

（二〇〇五年六月三十日）

【注】

① 2005年6月30日，应衡水诗词学会首任会长张俊华之邀，前往参加衡水诗词学会成立大会。

② 桃城，衡水市别称，因产"深州大蜜桃"而得名。

一剪梅·游衡水湖①

　　十里青纱映绿湖：汀岸菰蒲，洲畔莼芦。嘤鸣婉转似相呼：掠水鸿鸹，戏水鸥凫。　　快矣凉风吹鬓须，作了渔夫，忘了诗书。扁舟飘过小蓬壶，波线如梳，细浪如珠。

（二〇〇五年六月三十日）

【注】
① 2005年6月30日，应衡水诗词学会首任会长张俊华之邀参加衡水诗词学会成立大会，期间游览了衡水湖。

荷叶杯·荷花淀 (双调) ①

　　淡抹胭脂仙女，飘举，绿衣裙。一阵清风忽吹送，波动，点头频。　　绿叶丛中迤逗，红袖，采莲人。停船忽作回眸笑，窈窕。客销魂。

（二〇〇五年七月一日）

【注】
① 荷花淀，白洋淀诸淀之一。

步韵酬王燕兄[1]

不比茅台味更新,牵情还是故乡春。
狂言每揭诗中秘,醉眼斜看世上人。
天意高寒唯自问,萍踪苦乐与谁均?
好茶应在龙华会,来约先生槛外身。

(二〇〇五年七月一日)

【注】
[1] 王燕,北京市人,诗人,居庸诗社发起人之一。

步王燕兄原韵酬金水兄[1]

又见开瓶酒味新,一杯老酒一番春。
诗仙欲采篱边菊,天子来呼座上人。
心底清凉差可拟,笔端浓淡怎能均?
虹桥拍得栏杆遍,三月扬州寄此身。

(二〇〇五年七月一日)

【注】
[1] 吴金水,北京市人,诗人,书法家,居庸诗社发起人之一。

即席赠赵焱森会长①

岳麓山头百尺松，鳞皮凤尾气如虹。
楚材有树皆成栋，赵氏得驹先化龙。
沅芷澧兰思屈赋，湘云潇雨望衡峰。
涟源又听砍樵曲，千里幽燕为动容②。

（二〇〇五年八月十二日）

【注】

① 赵焱森，湖南省纪委原常务副书记，湖南省诗词学会会长。

② 2004年9月，中华诗词学会在湖南涟源举行常务理事扩大会。在晚会上，赵焱森会长演唱湖南花鼓戏《刘海砍樵》，全场报以热烈掌声。

奉和世广兄《五台感怀》

百世轮回做世人，尘缘应与佛缘亲。
几时可破槐中梦？何处能容芥里身？
滚滚红尘谁醉醒？茫茫苦海几沉沦？
五台也是凡间景，不见拈花不说真。

（二〇〇五年八月十七日）

奉和世广兄《送诸友之南晋》

并州聚首不言孤,恨未与君倾玉壶。
牵梦三更愁夜永,点金一字救枝枯。
医人医国称方技,为赋为诗见大儒。
长揖西疆邓夫子,天山车到寄书无?

(二〇〇五年八月十七日)

太原赠魏新河①

鹤背箫声久已闻,落花时节始逢君。
五湖春去松犹伴,三晋秋来菊可亲。
绾得长巾拂云海,凭将只手扣天门。
从今也学直钩钓,好与先生坐渭滨。

(二〇〇五年八月十八日)

【注】
① 魏新河,空军飞行员,著名诗人,中镇诗社社员。

皇城相府怀陈廷敬①（二首）

（一）

宰相人家何处寻，樊溪流水碧苔深。
苍檐犹滴前朝雨，紫燕争啼隔代音。
廊庙三番称首辅，功名几度负诗心？
羁身总是皇恩重，一曲秦筝说到今。

（二）

翰林进士比肩逢，三百年前此院中。
治国治民唯谨慎，伴君伴虎自从容。
消愁犹寄诗千首，放浪无非酒一盅。
谁解渔阳高格调，天涯凭此认归鸿？

（二〇〇五年八月十八日）

【注】
① 皇城相府，在晋南阳城县，为清代名相陈廷敬家族之宅第。

晋东南采风录

皇城相府"别墅村"感怀①

小楼映日塑钢窗,簇簇藤花出院墙。
厅上村姑操日语,街前老汉着西装。
回看相府成陈迹,已报农家进小康。
山里乌金凭掘去,皇城从此著新章。

(二〇〇五年八月十九日)

【注】
① 别墅村,为皇城村民居,家家二层楼小院。

皇城相府南书院感怀

止园惊尚在,亭阁叹依然①。
"文革"能逃劫,神灵应在天。
龙门无鲤跃,禹脉赖谁传?
幸矣陈丞相,未逢停课年。

(二〇〇五年八月十八日)

【注】
① 止园,为皇城相府花园,南书院在止园内,为陈廷敬家族之家塾,兼收村中子弟,为义学。

湘行（二首）

长沙贾谊祠

君吊湘灵我吊君，庭阶秋雨湿苔痕。
薜萝半掩石栏井，碑碣空招才士魂。
汉室九重皆圣主，长沙两赋尽哀文。
堂前不忍瞻遗像，愧说新冤向古人。

（二〇〇五年九月二十一日）

平江杜甫墓

千古诗魂恋汨罗，扁舟老病逐清波。
岸花送客愁容积，樯燕留人软语多①。
牵梦长安迷泪眼，断肠残句付湘娥。
卜居江畔吾归矣，结伴灵均听楚歌。

（二〇〇五年九月二十二日）

【注】
① 杜甫《发潭州》："岸花飞送客，樯燕语留人。"

步韵郑邦利①

风流才子出琼州,齐鲁新园作壮游。
归去重伸神五指②,幽燕收取一方秋。

(二〇〇五年十月二日)

【注】
① 郑邦利,海南诗词学会会长。此诗为出席滨州诗词研讨会期间作。
② 指海南岛五指山。

看电视剧《朱元璋》(二首)

(一)

纲纪崩摧乱世汹,黄尘滚滚泣哀鸿。
揭竿奋起屠龙手,弹指冲开射月弓①。
轻绾红巾维禹鼎,暂移紫塞作屏风②。
江山信可称斤两,且把秤钩悬九重③!

【注】
① 射月弓,指元朝。
② 红巾,指元末农民军"红巾军"。
③ 传说,朱元璋作诗有"万里长江作秤杆,称我江山有许多"之句。

（二）

金陵帝业困英雄，龙柱擎天玉殿空。
万里河山凭手握，九重心事与谁同？
凤阳花鼓乡音渺，蝶梦宫楼劫火红①。
千古兴亡笛三弄，浩歌听唱大江东！

（二〇〇五年十月四日）

【注】
① 劫火红，指建文帝之败、皇宫被焚事。

宣武门小聚步王蒸兄韵

九月天风扫玉街，幽燕诗客动吟怀。
为思昔日兰亭约，采聚东篱菊韵斋。
老酒不曾添醉意，清茶犹可涤尘骸。
归来应有歌三迭，曲到凌云险韵佳！

（二〇〇五年十月五日）

读任征《听涛集》有感①

把卷凝神仔细听，一涛未灭一涛生。
诗人心海真彭湃，滚滚涛声皆是情。

（二〇〇五年十月二十日）

【注】
① 任征，河北省邢台市原民政局长，诗人，书法家。有诗集《听涛集》，余为作序。

步韵魏新河《己酉中秋》

天风轻拂淡云飞，俯视伞寰忍痛思。
纷乱河山无客主，迷离灯酒失尊卑。
红羊劫接红场劫，不肯归成不可归。
岁岁慈心犹普照，可怜负我好光辉。

（二〇〇五年十月二十日）

居庸关（三首）①

登居庸关步李重华韵

戍楼耸立万峰环，一界开分碧落间。
未见高墙御强虏，却将短壁号雄关。
诗中空记角声咽，云外唯余雁字闲。
拍遍栏杆回首处，千年相识是青山。

（二〇〇五年十一月五日）

【注】
① 11月5日，居庸诗社七友苇可、王冰、王燕、张伯元、吴金水、张力夫、江南雨同游居庸关，商定发起成立"居庸诗社"，相约共赋同题二首，作为首次社课。

居庸关

雉堞泣风刁斗哑，硝烟剥蚀戍楼瓦。
一声清角动天门，几曲哀筝弹雪野。
蔽日黄尘卷地生，连山红叶凭霜打。
关墙如纸半空悬，把笔沉吟无字写。

（二〇〇五年十一月六日）

居庸七友歌

读是务斋主长歌，如闻嘤鸣在谷，心向往之，虽力不逮，勉而和之。

居庸关高接天牖，关前南鱼后北斗。幽燕天低信可摩，恐惊紫微皆袖手。申如天如子燕居，有酒不唱禽无鱼。一曲未竟诗已成，飘然剑阁倒骑驴。伯元还似长安客，长揖陆圣襄阳陌。龙团凤饼入诗行，翻疑前身是元白。名山遍访号力夫，渔洋探得白玉图。偶看人间情与景，春江花月照影孤。金水如渊隐龙脊，太极玄白袖中册。沧浦不足容钓竿，举竿却是量天尺。冰弦又翻塞外声，还邀二王宴兰亭。挥毫题得渭城壁，题毕不须书姓名。楚游还逢江南雨，帝子潇湘降北渚。醉倚梦窗窥月明，每邀白石呼仙侣。遥知东海苇可航。追随天槎济汪洋。五百年前蓬莱事，相约瑶池醉一场。

（二〇〇五年十一月十六日）

贺《李太诗文篓》出版（新声韵）①

一梭织仄一梭平，内有天然造化工。
君是诗坛织锦手，织成锦绣满天红。

（二〇〇五年十二月一日）

【注】

① 李木，贵州诗人，大力提倡新韵，《新韵三百首》附录之《新韵歌诀》，即以其原作改编。

风敲竹·送蔡淑萍老师回川①

岁月匆匆说。忆当时、门庭萧瑟，萨斯猖獗。赖有蛾眉经纶手，检点京华诗箧。三载事、谁知曲折？几案纵留《萍影集》，待何人、续写兰亭帖？杯再举，翻新阕。　　瞿塘滟滪浪千迭。看归帆、川江隐现，蜀峰明灭。青白园区兰芷好，满院绕花飞蝶。举首望、岷山晴雪。记否雨儿茶后话，约来年、共赏青城月？挥手去。莫言别。

（二〇〇五年十一月十六日）

【注】

① 蔡淑萍，四川人，原《中华诗词》副主编。2005年底，蔡淑萍老师辞去编务，回四川原籍。

《沈云诗词》读后①

田园诗品最清新，淀苇塘荷更动人。
说到民情泪难忍，一番把笔一伤神！

（二〇〇五年十二月一日）

【注】
① 沈云，河北省雄县原民政局长，诗人，书法家。

诉衷情·赠王子江诗友①

军营何处觅诗魂？星月隐荒林。马蹄声断前路，蓦见晓星沉。　　鞭指处，界碑分。是国门。归来唯有，梦里河山，襟上霜痕。

（二〇〇五年十二月二十五日）

【注】
① 王子江，沈阳军区装备部处长，上校，军旅诗人。

步韵世广兄

雪峰明月半轮孤，照我银针绣锦缛。
鸥鹭池塘分动静，芙蓉枝叶辨荣枯。
拈来平仄描心迹，抛却形骸是圣徒。
何日天山重握手，叨兄杯酒作醍醐。

（二〇〇五年十二月二十五日）

丙戌篇

（2006年度）

戌年贺岁

宠物流行此物先,南邻怀抱北邻牵。
吠尧吠日声盈耳,不独今春过狗年。

(二〇〇五年十二月二十日)

步韵刘冀川①

京华小聚梦留痕,兵马司中酒尚温。
遥忆琼州梅一朵,凭伊唤醒此乾坤。

(二〇〇六年一月二日)

【注】
① 刘冀川,海南人,国家干部,诗人。

蛰堪兄来京未晤又寄《鹧鸪天》步韵以酬①

未遇京华岁杪行,单丛遥羡一壶清。座思揽月拿云手,琴寄高山流水情。　　呼彩蝶,唤啼莺,新荷尖上看蜻蜓。鹧鸪天里兰亭会,愧我喈喈恋友声!

(二〇〇六年一月十三日)

【注】
① 王蛰堪,天津民俗博物馆研究员,诗人,书法家,居庸诗社社员。

赠蛰堪兄用是务斋主韵

诗味还胜酒味浓，云屯绛帐见从容。
欲邀词苑擎旗手，来扣天门警世钟。
岭上寻梅探幽境，篱边采菊作清供。
一吟倾倒居庸客，他日琼筵可与从？

（二〇〇六年一月二十日）

步韵世广兄

寻梅访菊说清狂，归赋天山锦绣章。
网上悬丝犹把脉，却将平仄作针汤。

（二〇〇六年一月二十一日）

步韵世广兄

残腊新春任往还，声声爆竹带青烟。
亲无应有招魂纸，儿大无需压岁钱。
愧我才情叨后学，羡君德艺着先鞭。
管他窗外纷纭事，捧着诗书也过年。

（二〇〇六年一月二十八日）

再步世广兄韵

迎新辞旧任回还,爆竹睢留一缕烟。
乱世无非耍花样,泥途犹可卜青钱。
未知真幻庄生蝶,曾系兴亡祖逖鞭。
君是长安座中客,连台好戏看今年。

(二〇〇六年二月二日)

步国钦兄韵①

撩云拨雾看人寰,斗转星移又一年。
知是汴梁春烂漫,寒梅迟寄到君前。

(二〇〇六年一月二十八日)

【注】
① 王国钦,河南诗人,幼年学诗,颇有名声。现任河南诗词学会副会长兼秘书长。

社课用宋蔡襄人日诗韵（二首）①

（一）

地球似宇宙飞船，横渡星河泛紫烟。
为寄新诗当礼送，便将短信作杯传。
拈来菊韵思重九，采得莲花悟大千。
熙攘人间缘雇事？干支交替又新年。

（二）

谁觅方舟诺亚船，禽流非典日笼烟。
和谐笑向人前语，消息偷从网上传。
讨欠农工岂百万？升天鸡犬早三千！
升天犹是凡间主，过了鸡年过犬年。

（二〇〇六年二月二日）

【注】
① 中镇诗社社课。

步王燕兄韵

律回春意日方东,爆竹声融锣鼓中。
万岭犹埋千尺雪,一阳先到九霄宫。
待闻匝地雷惊世,争看横天雨霁虹。
尽扫黄枯换新绿,人间处处是清风。

(二〇〇六年二月二日)

减字木兰花·借金水兄题①

乱年无约,骤雨狂风喧谷壑。挥手难凭,谁任戎装误此生? 苍丝满鬓,四十光阴如转瞬。往事纷纷,人在蓬山一片云。

(二〇〇六年二月八日)

【注】
① 吴金水,北京市人,诗人,书法家,居庸诗社发起人之一。

步韵寄朱巨成诗友①

身居诸暨望天都,细品人生一卷书。
读到情时曲难解,悟来妙处景方殊。
瑶池玄圃莲花发,紫竹琼林月影疏。
珍重心中真境界,百年有此不为虚。

(二〇〇六年二月九日)

【注】

① 朱巨成,浙江诸暨人,能诗。2005年秋,寄来茶叶二件,邮箱不满,乃以麻袜填充之。感其真情,不受不恭。知其大病初愈,乃寄去西洋参一盒,聊作回报。巨成收到后,有诗寄来,情真意切,读后颇受感动,乃赋此以赠。

寄蔡淑萍老师①

一盏清茶共忘机,云笺三载赖扶持。
君题新句峨眉顶,我守老营兵马司。
但遣清平救孤拗,不知红日是东西。
归来闲采篱边菊,始信陶郎真健儿。

(二〇〇六年二月十四日)

【注】

① 蔡淑萍老师为《中华诗词》副主编,余忝编务,颇赖其指导。今年辞编归里,结庐于成都。余思三载共事,颇有所感,乃赋此以赠。

步韵寄蔡淑萍老师[1]

物华飞逐岁华流,六十光阴如转眸。
我痛苍生多厄运,人言此事尽阳谋。
小区青白大区浊,上苑笙歌下苑愁[2]。
愁煞文姬一支笔,谁先天下写殷忧?

(二〇〇六年十二月十一日)

【注】

① 蔡淑萍,四川营山县人,民盟原重庆市委秘书长。擅诗词,名在《海岳风华》集,有《瓶影集》行世。为《中华诗词》副主编,今年辞编归里,结庐于成都。农历正月初十,为其六十岁生日,有《六十志感》发手机短信寄我,乃赋此以赠。

② 青白,指蔡老师家住成都青白江小区。

寄蔡淑萍老师

一餐一饮费操持,三载打工兵马司。
市上纷纷六合彩,城头猎猎五星旗。
每惊旧技翻新样,谁解新诗是旧题。
小院葡萄秋日熟,花溪先寄带霜枝。

(二〇〇六年二月十六日)

看孙轶青会长电视访谈（新声韵）①

回眸往事最堪伤，大放卫星嗟世狂。
偏信千官昧心话，错收百姓过头粮。
新衣莫听他人捧，苦果无非自己尝。
如今高奏和谐曲，真诚先谱第一章。

（二〇〇六年二月十八日）

【注】

① 2月18日，中华诗词学会孙轶青会长在"凤凰卫视"接受电视访谈，题目是"诚信是建立和谐社会的根本"。

【附】

张力夫《齐天乐夜读海德格尔存在论志感》

偶为尘境蜉蝣客，喧嚣讵分中外。领会山川，沉沦市井，悲喜由人担待。烦忙卌载。记先拜耶稣，后迷尼采。蓦对孤窗，却谁堪与话存在。　　流光漠然似水，百年回望处，荒诞成败。世贸烟飞，南洋浪啸，惊悚抛离形态。虹霓幻彩。认明日桑田，旧时沧海。畏死归真，择来无意改。

（二〇〇六年二月十四日）

齐天乐·步韵力夫《夜读海德格尔》①

力夫以哲理为词,颇开生面。古云"功夫在诗外",盖此之谓乎?虽未读海氏,今观其诗,亦得些许。乃步其韵,并为其铺陈之。

一痕灵性如光电。飞来料应寰外。唤醒尘迷,掀开天幕,几世因缘相待!云车肯载。见彼岸菩提,便殷勤采。遍地芬芳,绕身花树曼陀在。　　回眸大千岁月,任苍烟落照,埋却成败。甚处栖形?何人识我?此是寻根心态。明灯溢彩。快羁绊全抛,似龙归海。莫道途遥,莫将真意改。

(二〇〇六年二月十八日)

【注】

① 张志勇,笔名力夫,《中华诗词》杂志编辑,现为编辑部副主任。

贺封龙诗社成立①

太行结社继儒宗,谁挽灵王射日弓?
百尺燕台犹峻骨,千秋易水尽寒风。
云笺铺壁开惺眼,椽笔倚天呼卧龙。
遥待石门听一吼,京华仰首看骄骢。

(二〇〇六年二月二十日)

【注】

① 2月20日，河北省诗词协会副会长郭庆华来电，封龙诗社拟于农历二月初二成立，邀余与金水兄赴会。余因事不能成行，爰赋小诗，请金水兄代申贺忱。

寄郑福田诗友①

雪裹冰封敕勒川，谁将春意上诗笺？
笑谈释我百千惑，桃李钦君七二贤。
敢为世范堪师范，种出心田是福田。
临别犹听三弄笛，相期鸿雁续前缘。

（二〇〇六年二月二十日）

【注】

① 郑福田，内蒙古师范大学副校长、中文系主任，内蒙古诗词学会副会长。2005年11月18日至19日，笔者应邀赴内蒙古诗词学会及内蒙古师范大学参加诗词研讨，与其相识，乃赋折腰体以赠。

试和金水兄咏黄河口

之水来天上，何时返故疆？
一朝辞玉阙，万里赴汪洋。
顿觉心胸阔，遥知岁月长。
回眸行脚处，九曲似龙翔。

（二〇〇六年二月二十一日）

和诗一首，并代金水兄释义①

昆仑挥手去，一路挟风烟。
遇瀑成三叠，逢原作九旋。
抛开旧枷锁，回望好山川。
欲访蓬莱客，先吟渤海篇。

（二〇〇六年二月二十三日）

【注】
① 网上有诗友作吟黄河口诗，诸诗友和者评者甚多。金水兄跟帖，阐扬为诗之道。余亦从其后，为其阐发之。

《章守富诗词选》读后①

幽燕听唱浦江歌，谁解河山感慨多？
唯有萧萧板桥竹，一枝一叶费吟哦。

（二〇〇六年三月二十六日）

【注】
① 章守富，山东省住沪办事处主任，山东齐鲁书画社社长，书法家、诗人，有诗集《章守富诗词选》问世，上海杨逸明兄嘱余作赏析之文，勉力为之。

读《霜凝诗词选》旧体诗词[1]

霜凝寒林沉寂久，天风吹木作涛吼。枯枝败叶落纷纷，昊天始得见星斗。星芒掣电烛夜空，炫目如盲泣雕虫。迤逦百兽惊回首，吟啸依稀闻远龙。敕勒川草青如洗，匡庐山色魂梦里。三门峡下一身横，卧断九曲黄河水。检点胸次皆崚嶒，何物浇得块垒平？晴空一鹤唳长天，满园菊韵看霜凝。

（二〇〇六年三月十日）

【注】

① 唐双宁，吉林人，中国银监会副会长，中国金融家协会副会长，光大集团董事长，笔名霜凝，书法家、诗人。

谢陶克诗友惠赠条幅[1]

燕赵奇才陶十兄，东篱采菊继渊明。
弃他斗米吟归去，赋我桃源任说评。
欲访昆仑探龙脉，但凭翰墨结鸥盟。
篆成钟鼎谐宫征，且作嘤鸣求友声。

（二〇〇六年三月二十四日）

【注】

① 陶克，退休干部，廊坊诗词学会会员，书法家。2006年3月24日，应廊坊诗词学会之邀，前往讲学。诗友陶克当场赠书法条幅，其文曰："孔子曰仁者不忧智者不惑勇者不惧。"感其诚，无以为报，归而赋此拙句，寄以酬之。

听伯元兄谈佛学时值京城大雪限押"窠、虫"①

昔日龙华今又过，云间六出待研磨。
一闻大士拈贝叶，便见飞天散绮罗。
柏偈三言知自在，梨花满树看婆娑。
瑶池更有清纯水，归雁声声离故窠。

左持万像右持空，机缘初到语初通。
为解禅机来画外，却融普洱入壶中②。
泥途滑滑何为洁？乱世汹汹道未穷！
一片花飞雷贯耳，惊醒尘梦弃雕虫。

（二〇〇六年三月二十日）

【注】
① 青年诗社诗友在首都师范大学体育场工作房二楼活动，张伯元兄主讲"佛学与诗"。余病腰，课终即退。后得知诗友约押"虫、窠"为诗以记之，乃作此。参加者有董澍、陈亚明、张志勇、张伯元、胡林、王中隆、高卫中伉俪、王燕、吴金水、刘雪樵、马老师等。

② 当日伯元兄带去普洱茶，与众位诗友品尝。

题西山大觉寺沈鹏诗词研讨会①

风韵初开忆沈郎,金声玉律继铿锵。

彩笺铺壁传三李,橡笔依天觅二王。

欲遣杯觥浇垒块,偶拈文字识洽暴。

西山杏蕊今如雪,大觉诗戍韵绕梁。

（二〇〇六年三月三十一日）

【注】

① 沈鹏,别署介居,1931年生,江苏江阴人,著名书法家、诗人,原任中国书法协会主席,有诗集《三余吟草》《三余续吟》、《三余诗词选》等诗集问世。2006年3月31日,沈鹏诗词研讨会在京西大觉寺召开,赋此以贺。

呈淙全兄

丙戌清明,余回乡扫墓,借机与衡水诸同学相聚,住淙全兄家。兄照顾无微不至,颇受感动。偏逢春寒太甚,百花凝眉,似有愁容矣。乃赋拙句,呈淙全兄雅正。

春寒料峭似难禁,青帝凝眉望世尘。

谁为人间添暖意？园中君是护花神！

（二〇〇六年四月八日）

步是务斋主韵致青凤兄①

瑶池濯羽路非遥，花散金陵步步娇。
三顾莫愁湖上影，绿荷红蕊露痕消。

（二〇〇六年四月十日）

【注】

① 李静凤，笔名青凤，南京某银行职员，诗人，昆曲社社长，居庸诗社社员，书斋名"散花精舍"。

步是务斋主韵致晦蛰二兄

居庸叠翠宴佳辰，斗柄杓端皆指春。
暂借瀛台接尊驾，长教寰宇仰冰轮。
津门酌海轻濡笔，鄱口钓鳌闲隐身。
细拣新翻钟吕谱，一吟可净九天尘。

（二〇〇六年四月十二日）

【注】

① 熊盛元，江西省社科院研究员，号晦窗，著名诗人；王蛰堪，天津民俗博物馆研究员，以号行，著名诗人。丙戌清明期间，二兄来京，居庸诸友设宴欢聚。余因事回故里，未逢盛会。后见王燕兄之赠诗，诸友皆步韵和之，乃补拙作以表憾意。

金水兄短信传诗《赴蓉车上独酌寄海内诸友》乃步其韵以为旅途解闷

峨眉山月朗，曾寄酒仙身。
名动长安阙，笔惊紫宿辰。
劝君将进酒，慰我远游人。
应到草堂拜，棚茅细辨真。

（二〇〇六年四月十五日）

再呈青凤兄

高山流水隐琼瑶，网上搜寻累鼠标。
搜遍横塘九江侧，人在长干第几桥？

（二〇〇六年四月十六日）

申如兄应甘棠社邀赏樱花步海藏楼诗韵，试奉和

疑是群仙赏碧柯，双成小玉唤青娥。
轻抒红袖采千朵，但遣清香驱万魔。
月桂能留真有幸，扶桑悔渡却缘何？
人间赖有春光发，装点神州第一坡。

不似居庸雉堞墙，樱花满树忆甘棠。
纷纭嫩蕊争飞蝶，蔽芾新苞初绽香。
浅淡愁容弥广宇，玲珑倩影沐骄阳。
玉渊坛上凝眸望，召伯崧高一笑狂。

纷纷车马逐轻尘，一睹名花豁目新。
忍忆寒冬飞雪夜，欣看此日普天春。
为将花信传中国，暂向红尘寄此身。
数尽身边往来客，就中谁是护花人？

节到清明万蕾开，团团簇簇秀成堆。
任凭霜雪欺千遍，装点人间又一回。
料峭春寒犹彻骨，奔腾芳讯已如雷！
甘棠不是寻常客，谁采清芬献大才？

（二〇〇六年四月十六日）

周口店采风行

参观周口店北京猿人博物馆[①]

龙骨沉埋若许年，人文宗脉赖谁传。
万古沧桑何处觅，来寻华夏第一山。

（二〇〇六年四月二十一日）

【注】

① 4月21日，李树喜邀赴周口店北京猿人博物馆采风笔会，参加者刘征夫妇、李树喜夫妇、赵京战夫妇、《中华诗词》编辑张力夫、书法篆刻家王冰、中华诗词学会马骏祥等9人。

鹧鸪天·周口店猿人洞

钟乳巍巍洞穴宽，犹思混沌未开前。石头敲击文明种，文脉传承龙骨山。　寻远古，探真源，山花掩映几重天？回眸尘世三千界，遗恨空啼峡壁猿。

（二〇〇六年四月二十二日）

赠杨海峰馆长①

篝火灰虽冷，龙山事未忘。
骨针传锦绣，海贝记沧桑。
为继贾裴志，还争日月光。
千秋标伟业，一馆看辉煌。

（二〇〇六年四月二十一日）

【注】

① 杨海峰，周口店北京猿人遗址博物馆馆长。

游云居寺①

风沙纷敛迹，知我访云居。
庙堂争灿烂，香火绕清虚。
银杏催苞发，樱花照眼疏。
拂花寻贝叶，回首问池鱼。

（二〇〇六年四月二十二日）

【注】

① 4月22日上午，偕东红游览云居寺，北京猿人遗址博物馆馆长杨海峰陪同。当天预报大风、沙尘暴，均未出现，天气晴和温暖。同游者刘征夫妇、李树喜夫妇、力夫、王冰、骏祥等7人。

贺金水兄收徒①

居庸叠翠柳含烟，蜀地归来看老泉。
欲遣文星扶绛帐，还凭心法续诗缘。
程门雪霁书声朗，阆里风清月影娟。
指日骚坛鸣雏凤，莲香园里赴华筵。

（二〇〇六年四月二十八日）

【注】

① 4月23日，金水兄刚从四川参加峨眉诗训二十周年庆典归来，当晚即于莲香园举行收徒仪式。余因事未能前往祝贺，乃补小诗，以申贺忱。

步韵力夫兄玉泉山诗

殿宇巍巍碧落间，高墙丈二蔽天关。
春秋犹忆清泉水，出入难观贵族颜。
蛙鼓稻香何处觅？轿车警笛几时闲？
遥知山顶千寻塔，东望应骄万寿山。

（二〇〇六年四月二十八日）

【附】

张力夫《雨后黄昏过玉泉山》

一塔高擎苍翠间，垂虹光耀紫宸关。
名标八景泉喷雪，笔赋多情帝展颜。
旧梦空回稻香远，新风叵耐野云闲。
自从公仆安居后，不见清清水出山。

（二〇〇六年四月三十日）

高阳台·和力夫兄兼呈王燕、伯元兄

绿蚁轻尝,单枞细品①,香飘小巷深深。玉盏金杯,频呼彩袖重斟。飞花似雨弥天外,倩飞花、点染青襟。看先生、一字驱迷,一语熔金。　　去年潇洒居庸客,忆峰峦峻峭,涧壑萧森。春雪来时,菩提般若曾寻②。庐山渤海同题赋③,更都门、又谱瑶琴。问人间、此调谁弹?此曲谁吟?

（二〇〇六年五月十二日）

【注】

① 4月11日,力夫、王燕、伯元、笔者在雨儿胡同酒家小聚,伯元带来单枞新茶。

② 指3月11日伯元兄在青年诗社讲"佛学与诗",四人都曾参加听讲,是日春雪。

③ 指清明前一日,江西晦窗、天津择堪来京相聚,王燕兄席间赋诗,席后力夫、伯元、笔者皆步韵奉和。

【附】

张力夫《高阳台与王燕兄雨儿酒家饮》

暮雪初停，街灯渐放，凭窗小巷幽深。午醉方醒，犹呼醴盏重斟。十年旧雨惊相认，羡十年、不改霜襟。任光阴、已历三朝，已掷千金。　　依稀太庙堂前燕，记春风淡荡，古木萧森。诗酒高情，当筵敌手难寻。浮烟陵谷随时变，问何人、善解瑶琴。幸而今、尚可清谈，尚有清吟。

（二〇〇六年五月八日）

端午诗步是务斋主韵

往事千年一梦遥，几乎几起汨罗潮。
龙舟已为商家搏，萧鼓难将屈魄招。
入耳全无楚乡调，随风犹有柳枝条。
又闻歌吹声声起，无奈西山日影凋。

（二〇〇六年六月三日）

题《达摩面壁图》步韵申如兄

偶凭一苇渡长江，锡杖挥开嵩岳窗。
暂借天门千尺壁，来参般若九年摐。
横收紫气归金钵，倒挽银河入玉缸。
何日莲花开禹甸，此生缘分失梁邦。
袈裟脱去如云散，尘芥拈来作虎降。
忍看阋墙分五叶，又闻隔世吠群龙。
潇潇法雨寰中洒，滚滚雷音心内撞。
只履单提回故地，几人葱岭识真庞。

（二〇〇六年六月六日）

居庸社友雨儿酒家雅集步申如兄

辗转诗魔久已馋，一聆宏论识仙凡。
浮生浪迹红尘累，醒世云笺白鹤衔。
凝目浑忘鲍鱼味，传杯岂顾酒痕衫。
曲中妙谛谁能解？身外烦丝心自芟。
涤净吴天波颎泂，剪开暮雨燕呢喃。
曾经沧海难为水，欲渡蓬莱不用帆。
皓月临窗期再掬，清辉入匣作三缄。
归来每忆兰亭事，探得骊珠在口函。

（二〇〇六年六月十四日）

南乡子·试和青凤兄《诵心经》

万相自心魔,色界纷纭空相多。非是慈悲难渡我,无他,忍望红尘泪似河。　　不必念摩诃,一缕蛛丝悬鹊窝。唯有自身能扯断,娑罗,更遣天龙着意驮。

(二〇〇六年六月二十四日)

【附】

青凤《南乡子诵心经》

妙法退心魔。五蕴空空色相多。颠倒影儿偏自惜,怜他,百样悲欢泪似河。　　揭谛萨婆诃,三炷檀香烬一窝。直向莲台深跪拜,波罗,闻道西天白马驮。

(二〇〇六年六月二十三日)

试和停云兄《偶感》

红尘阅尽复归婴,多少工夫修始成。
辗转泥途千网缚,迷茫心路一灯明。
九天仰首皆金阙,三界回眸尽土茔。
阆苑莲花开朵朵,欲掐须待海波平。

(二〇〇六年六月二十八日)

【附】

停云《偶感》

须臾富贵祸罗婴,信美文章困鼎咸。
士有三分皆淡泊,人无一世尽清明。
云泥偶异乾坤路,雨雪同归桑海茔。
萧爽神仙乐山水,除斯孰与慰生平。

(二〇〇六年六月二十三日)

试和唤云兄《丙戌生辰》

芥尘一粒等闲参,三叠阳关柳笛惭。
手把瓷杯茶未饮,心依纸桌酒曾酣。
归来忍顾槐中蚁,望去犹怜钵内蝉。
昨日生辰今日梦,回眸又见海天蓝。

(二〇〇六年七月五日)

【附】

唤云《丙戌生辰》

浮沤片霎渺难参，乍饯韶光玉块惭。
花欲辞枝香始觉，蝶将收翼梦犹酣。
陇头消息萦空轸，尘尾行藏付断蝉。
闲泛江湖无一事，烟波尽处水如蓝。

（二〇〇六年七月三日）

草原行

7月应内蒙古诗词学会之邀，携夫人前往呼和浩特、鄂尔多斯、包头采风，并与当地诗词学会同行座谈交流。同行者：刘成果、郑伯农、王德虎夫妇、刘宝安、张志勇，以及《诗刊》编辑部主任杨志学、编辑李旭等。得诗12首，录于后。

减字木兰花·呼市"蒙牛"车间[1]

寝食分处，一日三餐皆自助。信步寻栏，挤奶犹如去上班。　　空调水电，清洁几如星级馆。乐曲悠然，始信对牛琴可弹。

（二〇〇六年七月六日）

【注】

[1] 蒙牛总公司，在呼和浩特市。7月6日下午前往参观。

昭君墓①

　　胡马欲窥汉宫春，自称单于不称臣。洗得后宫寂寞女，不言下嫁言和亲。长门翠辇辞金阙，马上琵琶天上月。塞外胡风吹草黄，曲中唯闻声声咽。天地苍茫敕勒川，入耳胡语怜婵娟。风吹草低牛羊见，不见故乡水稻田。百年归心何曾已，但愿生儿为汉使。且将平安报汉庭，半世不见硝烟起。悠悠往事越千年，文人墨客百千篇。新曲早翻流行调，怀中琵琶已断弦。唯有青冢寄芳魂，紫台仰首望江村。吴天夜夜星河耿，江涛长绕棘藜门。

（二〇〇六年七月六日）

【注】
① 昭君墓，世称青冢。在呼和浩特市南约20公里。

更漏子·辉腾锡勒草原①

　　绿绒铺，青纱漫，望到天边云断。原起伏，草低昂，山花白复黄。　　马群空，牛羊遁②，唯见风车成阵③。擎奶酒，展歌喉，琴声绕马头。

（二〇〇六年七月七日）

【注】
① 辉腾锡勒草原，在内蒙古卓资县，距呼和浩特市百余里。

② 现在搞圈养，草原上已看不到马牛羊群。

③ 辉腾锡勒正处于草原风口，有几十座高大的风车组成风力发电站。

谒成吉思汗陵[①]

七百年间阅废兴，香烟犹绕帐前灯。
塞风呜咽吹边草，云路迢茫困大鹏。
马上弓刀凭铁铸，壁间画卷共霜凝。
回眸不见射雕处，数尽陵阶六六层。

（二〇〇六年七月八日）

【注】

① 成吉思汗陵，在内蒙古自治区鄂尔多斯市南约30公里。陵为8个白色蒙古包，俗称"八白室"。达尔扈特部落世代守陵，陵前油灯700多年未灭。

醉蓬莱·游美岱召[①]

望葱茏瑞气，敕勒川前，九峰山下。叠阁重楼，看风幡飘挂。耀眼红墙，入云金顶，剩雨檐霜瓦。石匾藏碑，厅堂塑像，壁间留画。　　师祖来时，彩云初霁，一云莲开，普天光射。浩劫频仍，纵库粮犹怕[②]。漫忆沧桑，细说尘世，有牧歌盈野。松影遮窗，浮云掩月，正茫茫夜。

（二〇〇六年七月十一日）

【注】

① 美岱召,内蒙古喇嘛教重要寺庙,在包头市东约一百公里。原为成吉思汗 17 世孙阿拉坦汗所建宫殿,后改为寺庙。

② "文革"期间,庙中经卷遭洗劫一空,后庙被辟为战备粮库,庙堂佛像侥幸保全。

题兵器公园①

红花绿草满园娇,炮阵森森似射雕。
不信干戈无息日,始知枪弹也成桥!

(二〇〇六年七月十一日)

【注】

① 兵器公园,为二机集团公司修建的以大炮、炮弹为主要内容的公园,中有一小桥全部用炮弹建成。二机集团公司,生产大炮的重型工业集团。

题阿尔丁植物园①

绿树成荫景色幽,老翁垂钓兴悠悠。
儿童画笔频描绘,绘出平湖胜莫愁!

(二〇〇六年七月十一日)

【注】

① 阿尔丁植物园,包头市最大的植物园。

留别梁立东局长并谢赠花①

红花一朵胜千筹，塞上知音肝胆留。
云外忽闻梁祝曲，教人怎不忆包头！

（二〇〇六年七月十一日）

【注】

① 梁立东，包头市文化局长，诗词学会常务副会长。

包头留别谭博文主席①

洞庭鹏翼振，大漠展雄姿。
廊庙曾调鼎，诗坛今掌旗。
去官犹重任，有口尽丰碑。
折柳不言别，重逢信可期。

（二〇〇六年七月十二日）

【注】

① 谭博文，湖南人，内蒙古自治区政协副主席，内蒙古诗词学会会长。此次草原之行，谭主席全程陪同。

赠食斋老虎①

幽燕又见食斋虎，携得灵山震天鼓。
海利三树鸾凤飞，陶然一笑鱼龙舞②。
舟中未与八仙游，网上先观十芳谱③。
遥寄居庸一段云，南天化作莲花雨。

（二〇〇六年七月二十五日）

【注】
① 食斋老虎，湖南熊东遨之网名。
② 海利，指海利酒店；陶然，指陶然亭公园。
③ 十芳谱，指熊东遨诗《小客京华俚句答谢诸君子》，诗中有十位诗友的网名。

呈孙木艮老师①

当年岁月永留痕，一曲"良宵"绕梦魂。
四十六年沧海客，愧无折桂报师门。

（二〇〇六年八月十日）

【注】
① 孙木艮，河北省衡水市文化局长，已退休。笔者初一班主任兼语文老师。1960年笔者上初中，中秋之夜，曾听孙木艮老师二胡独奏《良宵》。

贺唐槐诗社三周年

燕赵谁擎半壁天？繁枝密叶自云烟。
芝兰松柏长为伴，根植并州汲老泉。

（二〇〇六年八月十六日）

读蛰兄咏长城诗

千秋一卧作闲身，看惯名优演出频。
台幕如纱终不启，只将天意付诗人。

（二〇〇六年八月三十日）

鄂北行

雨中游武当山

遥指三清界，茫茫雾似缠。
千阶可登顶，一柱足擎天。
绕殿香烟袅，涤尘秋雨绵，
凭栏舒极目，云隙望幽燕。

（二〇〇六年九月七日）

神农祭坛

炉鼎森然列，香烟绕祭台。

石身凝混沌，牛首费疑猜。

天意凭谁授？鸿蒙自此开，

千年银杏树，应是手亲栽。

（二〇〇六年九月十二日）

仰翁将赴中华诗词第二十届研讨会临行赋诗今步韵忝和以壮行色

诗坛瞻巨擘，网络领风骚。

为赴兰亭会，不辞车马劳。

太行千里目，汾水一杯醪。

三晋归来日，居庸友亦豪。

（二〇〇六年九月十七日）

贺力夫兄书斋得名"畏临轩"

壁上子牙琴，泠泠天外音。
拈花曾作笑，磨杵已成针。
为解迷魂药，来听醒世吟。
扣门三掸袖，莫负主人心。

（二〇〇六年九月十九日）

读伯元兄《李鸿章二十岁时律诗十首观后》[1]

羡君五十得天机，尘世沧桑待品题。
宰相合肥天下瘦，不如元白有酸诗。

（二〇〇六年九月二十五日）

【注】

[1] 张伯元，北京房山人，诗人，居士，茶文化研究者，居庸诗社发起人之一。

读伯元兄《无题》诗

千杯未醉一杯醉，山海不流星月流。
壶里乾坤如许大，菩提花掩九重楼。

（二〇〇六年九月二十五日）

【中吕】朝天子·观伯元兄瀹茶

9月26日,居庸诸友力夫、伯元、王燕、金水,王冰、江南雨、苇可在马连道茶城小聚,董澍、金子二君在座。伯元兄亲自瀹茶,得睹其风采,如悟道矣。

新芽,紫砂,玉泉水刚烹罢。悠然端坐似仙家,看怎生皴染这壶中画。兀的是关圣巡城,却原来凤点三下。便一股馨香扑面撒。顾不得去看他,忘记了去谢他,只觉的凉生两腋清风飒。

(二〇〇六年九月二十六日)

[中吕]朝天子·观幻庐兄治印

小序:10月22日,力夫、伯元、金水、王冰、苇可应焦作冯胜利诗友之邀游云台山,夜宿山中农家。为感盛情,幻庐兄为主人治印数方,因得睹其风采,如观庖丁解牛,眼界大开矣。

青田,寿山,错过了娲皇炼。便此刀已用两千年,也曾经小试在梁王殿。听龙虎厮搏,看鳞甲飞溅,切戳钩挑随刀转。任纵横方寸间,信天地方寸间,端的是李斯苍颉梅花篆。

(二〇〇六年十月二十二日)

咏西瓜

小序：9月20日，申如、金水、力夫、金子相聚小酌，并以西瓜解酒，相约赋平起仄起七律各一首，限用十四盐韵前五字并按原顺序。拜读诸友佳作，高山仰止，爰赋拙句，以向诸友求教。

口干思饮早忘盐，直诣瓜农茅草檐。
不以青花迷手眼，欲凭红玉试贪廉。
汁融秘府三千界，香沁琼楼十二帘。
安得人间少饥渴，粉身碎骨更无嫌。

大腹便便费米盐，高车驷马进琼檐。
囊中韬略红间黑，面上文章青似廉。
玉案分身真有术，银盘呈客不须帘。
可怜转眼剩皮骨，垃圾桶中君莫嫌。

（二〇〇六年九月二十八日）

鹧鸪天·读叶凝秋词，次韵和之

寥廓偏思塞外秋，遥知江上客凝眸。雨儿聚后留清忆，梁父吟成销百愁。　衔重任，作遨游，归来更上一层楼。西山红叶应相待，不见征人红不休。

（二〇〇六年十月十三日）

【附】

叶凝秋《鹧鸪天见窗外红叶感寄京津师友》

负了西山八月秋，边城何处着吟眸。岂无霜叶攒如火，都被霞天展作愁。　驰远思，惜前游，独披寒绪一登楼。关东万里斜阳暮，数点归鸿去去休。

（二〇〇六年十月十日于哈尔滨）

豫北采凤行

游云台山

10月21日，焦作诗友冯顺利相邀，与力夫、伯元、金水、王冰同游云台山，诗以记之。

细雨如丝涤积尘，峰腰绕雾剪纱裙。
接天飞瀑凌霄跌，漱石鸣泉隔岸闻。
秋叶犹烧秦劫火，云台空忆汉将军。
峡中涧吼传雷震，崖壁惊喧鸟雀群。

（二〇〇六年十月二十一日）

云台山情人谷

云台逢假日，游客似潮生。
观瀑林梢瞥，攀阶人缝行。
泉声聒耳噪，怨气逼云横。
石刻擦身过，空教负此名。

（二〇〇六年十月二十一日）

静影寺讲经阁

峰颠端坐久，面壁已忘年。
山柿悬灯照，泉声代磬宣。
几人从此渡？千卷只心传。
风静檐铃歇，池中卧睡莲。

（二〇〇六年十月二十二日）

留别冯顺利诗友

影寺农家花满阶，席间诗酒见情怀。
云台泉瀑千般景，不及山阳一丈斋。

（二〇〇六年十月二十二日）

【注】
① 冯顺利，焦作市专家组顾问，书房名"一丈斋"。云台山静影寺，当地呼曰"影寺"

重九呈阙家蓂词长

丛菊千行泪,归鸿万点愁。
此情凝一纸,遥寄故园秋。

(二〇〇六年十月三十一日)

【注】
① 阙家蓂,女,美籍华人,诗人。

谒房山贾岛墓

荒草残碑在,孤魂此地眠。
山因埋骨瘦,月待伴吟圆。
天意敲中出,诗心苦外传。
遂教骚客梦,夜夜到幽燕。

(二〇〇六年十一月八日)

与诗友小聚后海烟袋斜街①

未睹青衫客，空闻烟袋斜。
吧台红绿酒，街巷往来车。
柳拂水中月，心期槛外槎。
来年海波静，更约赏荷花。

（二〇〇六年十一月十七日）

【注】
① 11月17日晚，李树喜邀诗友在后海烟袋斜街小酌，参加者苇可、李平安、张力夫、张伯元、王冰。

贺隆尧诗词学会成立五周年

唐风宋韵写琳琅，写尽农家稻麦香。
欲为人间添锦绣，尧乡从此是诗乡。

（二〇〇六年十二月十八日）

读唤云兄诗步韵奉和

万物有灵皆是心，全凭一念悟幽深。
欲求尘界玲珑相，还向灵台仔细寻。
医国医人称国手，点金点石度余针。
天音袅袅何方出？菩提树下没弦琴。

(二〇〇六年十一月二十三日)

贺新郎·连珠兄六十寿辰①

沧海骑鲸客。忆几番、蓬莱濯足，广陵弹铗。信手抛竿垂渤海，一霎波翻千叠。差辜负、案边诗箧。把卷长吟惊宇内，更举杯回首天边月。南斗侧，众仙列。　又闻花甲长歌发，向京华、居庸题壁，凛然清骨。暂借恢恢因特网，抒尽胸中风物。听却是、松涛鹤唳。笑向人间夸耳顺，奈多情误我青青发。谁与诵，赵州偈？

(二〇〇六年十一月三十日)

【注】
① 赵连珠，1946年生，天津大河诗社社员。中镇诗社社员。

【附】

唤云读《水知道答案》有感

谁识玲珑太古心，等闲无语鉴机深。
欲知扰扰千般相，但向涓涓一滴寻。
举世膏肓忧国手，回眸方寸现灵针。
九天轻洒丁冬玉，似舞南风响舜琴。

（二〇〇六年十一月二十一日）

读福田兄步韵奉和

同仁偶敛齐天翼[2]，短信频传险韵诗[3]。
能忍者兮真健者，既来之矣且安之。
上林龙虎终当合，半载风云暂把持。
指日封疆调鼎鼐，庙堂得意展庞眉。

（二〇〇六年十二月十二日）

【注】

① 郑福田，号三益斋主人。内蒙古师范大学副校长，博士生导师，唐宋文学专家，时任民建内蒙副主委、自治区政协常委。

② 同仁，指同仁医院。

③ 福田兄声带手术，不能说话，乃写诗数十首且用手机短信发给诗友，其一曰《声带术后居京复查与诸诗友饮于高粱桥斜街宴后草作》。

【附】

郑福田原诗：

知君险韵无余子，顾我尘怀有限诗。
挂号方分喉或耳，擎杯酒许水由之。
三千古典堪回味，一夜西风好护持。
想望居庸佳气在，联翩七友展须眉。

（二〇〇六年十一月三十日）

奉和福田兄

银河汲水水泠然，欲熄秦坑一缕烟。
每向风骚探远祖，还参平仄作初禅。
骊珠信手轻松摘，桃李凭君仔细铨。
今日杏坛闻鼓乐，新春知是化龙年。

（二〇〇六年十二月二十六日）

【附】

郑福田《赠京战先生兼贺大作出版》

御风当日态泠然,惯看齐州九点烟。
却把军门狮子吼,来参诗界女儿禅。
横江苇可从游历,平水音堪任选铨。
著作昨镌分雨露,春泥春草又明年。

(二〇〇六年十二月二十六日)

丁亥篇

(2007年度)

哈尔滨看冰灯

桂殿琼楼响暮钟,广寒琴瑟自铮踪。
灯辉蓬岛三千界,月照巫山十二峰。
冰雪国中朝玉阙,水晶宫里降银龙。
等闲识得玲珑态,身在瑶台第几重?

(二〇〇七年一月七日)

留别双城诗友①

踏雪寻梅处士家,琳琅九鼎紫云遮。
魁星新阁延文脉,老站余年叹劫槎②。
招我来兮冰上柳,待君往矣雨前茶③。
举杯再祝报春客:先看双城二月花!

(二〇〇七年一月七日)

【注】

① 2007年1月5日,应哈尔滨双城市文联之邀去看冰灯并与诸诗友座谈,7日晚回京。

② 双城火车站,建于20世纪中叶,民族传统式建筑,几番欲毁,终得幸存至今。

③ 编辑部附近有雨儿胡同,经常在此招待诗友。

岁初感怀步力夫兄韵

春光岁首欲先颁。白雪寒风锁世间。
未了情真该放下，有些事或不相关。
知音网上二三子，险韵书中十五删。
景色舒眸渐如画，衡阳雁去几时还？

（二〇〇七年一月十六日）

【附】

力夫《双城四野前线指挥部旧址》

瓦舍风寒雪欲颁，雄图犹挂壁中间。
驱倭声震亚欧美，伏虎威加山海关。
四野血光归寂灭，百年青史费增删。
可怜帷帐深依旧，天马行空去不还。

（二〇〇七年一月十五日）

感怀试步青凤兄韵

兼天雪浪势初颓，犹忆冰崖夸俏梅。
醉里吴音相媚好，望中画饼早成灰。
可怜天下饥寒客，未解长安锦绣堆。
煮酒孤山何所以？也宜柴草也宜煤。

（二〇〇七年一月十五日）

【附】

青凤《柏子庵腊梅》

尚有奇芳未肯颓，龛前复绽九英梅。
留将桑海重重罅，剩把心魂细细灰。
钟鼓空飞青磬雨，柴门虚掩白云堆。
长松老柏无情树，堪坐氤氲染麝煤。

（二〇〇七年一月十六日）

采摘草莓[①]

大棚果熟正新鲜，采得红红满竹篮。
为报人间春烂漫，此莓不让那梅先。

（二〇〇七年一月十八日）

【注】

① 2007年1月18日，参加北京市第一届草莓节暨兴寿草莓采摘节。

题宝云香茗茶店

宝云香气冲牛斗,壶里乾坤狮子吼。
陆圣举杯邀李仙:消愁不必杜康酒!

泥壶瓦灶煮沧浪,煮出诗情满店堂。
能解忧如玉泉水,最清心是宝云香!

(二〇〇七年二月三日)

【注】
① 2007年2月3日(立春前一日),张伯元兄邀居庸诸友赴宝云香茗茶店聚会,店主李海云殷勤招待,约赋诗句,以酬美意。

次韵颖庐《焚香》

发结肉鬇何用发,暂栖尘世暂居庵。
恒河三渡骑香象,苦海几番栽紫柟。
蛛网纤丝太难绝,萍踪幻境每重参。
回眸一笑吾归矣,遥指南天南复南!

(二〇〇七年一月十八日)

【附】

颖庐《焚香一首》

焚香趺坐发轻鬖,烟似空花梦似庵。
画水三生沉古镜,回眸一刹证枯柟。
任他去后人毋悔,得自由时是可参。
闲却登楼歌哭笔,伤心谁再赋江南!

（二〇〇七年一月十八日）

【注】

《涅槃经》:"是身念念不住,犹如电光瀑水幻炎。亦如画水,随画随合。""枯柟"一语,虽出老杜,但鄙意欲代指"枯木禅",乃禅宗公案,出《五灯会元》:昔有婆子供一庵主二十余年,常使一二八女子送饭给侍。一日令女子抱定,曰"正恁么时如何"?庵主曰:叫"枯木倚寒岩,三冬无暖气。"女子举似婆,婆曰:"我二十年只供得一个俗汉!"遂遣出,烧却庵。镜像镜谷亦佛语多用,故不注。"任他"一联,借自郑子尹"荒城胜赏无他去,此夕清狂可自由"。

步韵奉和谭博文主席①

青城连辔鹿城驰②，鄂尔多斯展俊姿。
入眼楼台钦德政，赏心林苑费忧思。
跂而望矣荀生语③，归去来兮陶令词。
千古真情诗里发，风骚源处是吾师。

（二〇〇七年一月十八日）

【注】
① 谭博文，内蒙古自治区政协副主席。诗词学会会长。
② 呼和浩特，蒙语意为"青色的城市"；包头，蒙语意为"青色的城市"；包头，蒙语意为"有鹿的城市"。
③ 见荀子《劝学篇》："吾尝跂而望矣，不如须臾之所学也。"

【附】

谭博文《贺岁诗》

九天揽月五州驰，旋入骚坛展逸姿。
语溢机锋惊四座，情同合璧足三思。
陆生才智周郎气①，陶令文章宋玉词。
折柳何须抛柳絮，霜年砺志学吾师。

（二〇〇七年一月十八日）

【注】
① 陆生，指隋陆法言，着《切韵》。

题郑玉玮《白雪黑土歌》①

初渡青春犹是孩，披霜履雪北荒来。
无情岁月堪追忆，多彩风光任剪裁。
一首歌能重谱曲，半场戏怎再登台。
诗中似有层层意，掩卷沉吟细细猜。

（二〇〇七年一月二十日）

【注】
① 郑玉玮，《北京诗苑》副主编，其《白雪黑土歌》描述1962年入伍赴北大荒之军垦生活。

题张俊华《白鹭集》①

湖边白鹭唳声长，引领群鸥展翅翔。
燕赵清风来易水，新诗万卷赋桃乡。

（二〇〇七年三月七日）

【注】
① 张俊华，衡水市诗词学会会长，农委主任。衡水市别号桃城。

步韵谭博文主席《亥年新春》①

六龙回驾指寰中，冰雪初酥犹未融。
已见柳丝浮浅绿，旋看梅萼抹轻红。
一之觱发藏春气②，九矣颠连问苦工。
爆竹声声似传语：今年不与去年同。

（二〇〇七年一月二十四日）

【注】
① 谭博文，内蒙古自治区政协副主席。诗词学会会长。
② 《诗·豳风·七月》："一之日觱发，二之日栗烈。无衣无褐，何以卒岁。"

【附】

谭博文《亥年新春》

丁亥相知月旦中，寒梅渐退雪初融。
春回朔土冰渐软，节到吴门腊酒红。
仁政广施收霸气，善缘多结惠农工。
思将人力谐天律，四海清风得大同。

（丁亥春节）

步韵和福田兄

猪岁回头看犬鸡,人间六畜转轮栖。
干支此日到丁亥,属相何时任庶黎?
每望塞风苏塞土,还期春雨润春泥。
烟花爆竹缤纷色,写向青天作品题。

(二〇〇七年二月十八日)

【附】

郑福田《岁末有怀》(其八)

断续烟花乱晓鸡,城乌一夜竟何栖。
钟鸣自是强华夏,鼎盛由来富庶黎。
雪化涓涓肥沃土,风行沥沥润春泥。
侵晨惯向搂头望,漫把清光做品题。

(二〇〇七年二月十八日)

试步江南雨人日感怀韵

春归人日众司齐,又看梧桐引凤栖。
初九潜龙占卦象,新正符瑞在熏黎。
岁星缓缓经天宇,年夜沉沉待晓鸡。
爆竹一声晨梦醒,心诗赋就倩谁题?

(二〇〇七年二月二十四日丁亥人日)

【附】

江南雨《丁亥人日感怀》

值日春正六畜齐,良禽择木欲何栖?
和谐社会说忧患,牛马生涯叹庶黎。
仗势欺人曾笑犬,司晨换岁不如鸡。
荧屏今又喧丁亥,似此尘寰费品题。

(二〇〇七年二月二十四日丁亥人日)

步韵和三益斋主人

似水人生暂许之,居庸结社一瓢持。
庙堂君可调钟鼎,樽俎谁堪论酒卮。
师范久闻真贯耳,斋名三益好吟诗。
遥知盛乐园中色,朵朵新花满玉池[①]。

(二〇〇七年三月一日)

【注】
① 盛乐园,内蒙古师范大学新校区,名为"盛乐园",为郑福田副校长主持开辟建成。

【附】

三益斋主人《二月二复力夫酒、水、诗论》

莲生舌上义兼之，密律真情两护持。
倾盖欢然危岭壑，扶头莞尔小觥卮。
争如不见长流水，却似无心未老诗。
二月春龙来雨露，随缘居处凤凰池。

（二〇〇七年二月二十六日）

【注】
力夫曰："君子之交有时如水有时如酒，诗乃闲余事，忙完公事再论不迟，今日如水来日好吃酒也。"

步韵赠李小华诗友[①]

峨眉秀气白天成，峰顶垂竿钓巨鲸。
剑阁新开锦城路，花溪争仰草堂荣。
我依韵律调平仄，谁为风骚忧续庚？
遥解临川夫子叹，鲁槎浮海几从征？

（二〇〇七年三月六日）

【注】
① 李小华，四川南充人。在市委政研室工作。

清韵兄来京因事未能谋面深为憾事乃补寄小诗并贺寿诞

一曲菱歌韵最真,东湖遥寄采莲人。
此心已逐白云去,黄鹤归来贺寿辰。

(二〇〇七年四月一日)

【注】
① 清韵,武汉华东科技大学教师,居庸网站网管员。

又见居庸诸友约赋麻韵,勉成短句

清韵弥天散绮霞,群仙祝酒白云家。
三江北上君骑鹤,一苇东来谁泛槎?
手把紫芝朝玉阙,口吹竹笛落梅花。
遥知帝子归瑶圃,何日轻车访珞珈!

(二〇〇七年四月一日)

题《敦才吟草》

史家有子诗家幸,敦厚终成大雅才。
记取平生无限事,一花一叶一如来。

(二〇〇七年四月一日)

【注】
① 史敦才,军队离休干部,河北省诗词学会副秘书长,有诗集《敦才吟草》行世。

贺伯元兄喜得斋名[1]

灵山天外月,柏寺路边苔。
为解三生惑,心期五叶斋。

(二〇〇七年四月十二日)

【注】
① 伯元兄新得斋名为"五叶斋"。

虞城吟草

木兰祠①

万里关山远，千秋闺梦长。
至今祠庙外，夜夜唤爷娘。

（二〇〇七年四月十二日）

【注】
① 木兰祠，在河南虞城县。

伊尹祠①

庖厨廊庙两华章，调罢此汤调彼汤。
古柏森森千载梦，岐山遥对望文王。

（二〇〇七年四月十四日）

【注】
① 伊尹墓，在河南虞城县。

糊涂面①

伊尹调羹唤小婵，机关且莫向人传。
席前只说糊涂面，吃得八仙成醉仙。

（二〇〇七年四月十四日）

【注】
① 糊涂面，河南虞城县特色食品。

芒砀山刘邦斩蛇碑①

猩红碑罩锦绒裁，炎汉宏基一剑开。
歌罢大风吾去也，唯留樽酒煮青梅。

（二〇〇七年四月十五日）

【注】
① 芒砀山，在河南永城县。

芒砀山梁孝王墓

天子旌旗一梦哀，荒陵寂寞向泉台。
自从吴楚兵戈息，岁岁桐花不忍开。

（二〇〇七年四月十五日）

题壮悔堂①

汉祚迁时百事乖，棋逢乱局最难猜。
追攀玉殿三科榜，辜负金陵八斗才。
纵有华堂铭悔恨，难将团扇共徘徊。
至今犹忆秦淮月，应照桃花带血开。

（二〇〇七年四月十五日）

【注】

① 壮悔堂，在河南商丘老城（古睢阳）、明末清初名士侯方域、李香君故居。

赠虞城万老①

一朝梁栋万朝奇，叱咤曾惊碧眼儿。
生死直抛珍宝岛，情怀永寄木兰祠。
席间杯酒花间蝶，眼底河山笔底诗。
为有知音存海内，还邀八月桂花期。

（二〇〇七年四月十五日）

【注】

① 万朝奇，河南虞城人，从军15年，曾参加珍宝岛战斗，转业后历任副县长、政协副主席等职。

望海潮·步韵三益斋主人

　　长河滋润，青山拱卫，心仪敕勒川头。雷激鼓鸣，风催马跃，曾经虎豹貔貅。大漠筑雄州。看云起云落，瞬息千秋。阅尽沧桑，漫余青冢月如钩。　　弓刀换了貂裘。念关东面壁，盛乐纾筹。与世为师，于人示范，贤徒七二新收。今更上琼楼。待调和鼎鼐，如驾轻舟。再约居庸社友，携酒泛中流。

（二〇〇七年四月十八日）

【附】

三益斋主人《望海潮》

　　京华藩卫，燕云图画，居庸眼角心头。笳鼓莽然，旗旌海若，兴亡十万貔貅。野草拥严州。任潮升潮落，历夏横秋。谁问盈亏，一弯眉月小银钩。　　等闲换了貂裘。恨长衣博带，不作觚筹。七友韵圆，三千芥老，牧歌樵唱新收。今夜饮高楼。借几行雁字，载我诗舟。玉斗清音拍遍，侧坐看中流。

（二〇〇七年四月十七日）

步韵赠桃盆栽兄

欲为盆栽引巨流，移来银汉作渠沟。
望洋蓬岛麻姑怨，失窃瑶池王母愁。
草舍择邻红豆树，桂宫访友彩云舟。
三千年果谁堪得？且掬花香醒醉眸。

（二〇〇七年五月十六日）

【附】

桃盆栽《梦雪》①

霜风一夜雪横流，清角吹寒响玉沟。
山鼠剥残存穴粒，岭梅消尽来年愁。
湖亭对酒谁为客？月窟寻诗梦作舟。
未觉西园花气涨，晴光无赖扑人眸。

（二〇〇七年五月十六日）

【注】
① 桃盆栽，诗友网名。

悼戴云蒸老①

香烟余绛帐，哀乐绕灵幡。
讵料阴阳隔，痛思金石言。
诗留白玉阙，人返紫微垣。
云路频回首，唐槐叶正蕃。

（二〇〇七年七月二日）

【注】
① 戴云蒸，山西太原人，唐槐诗社社长，《唐槐吟苑》主编，清华出身，高级经济师。武术家，太极五段。2007年6月28日逝世，享年83岁。

冀东行

题兴隆花果山庄①

嫩果青青叶下藏，绿衣仙子试新装。
灰墙红瓦交相映，一阵清风满院香。

（二〇〇七年七月七日）

【注】
① 兴隆花果山庄，作协创作基地，在兴隆县城外五里半山腰。

禅林寺银杏①

千载沧桑留劫痕，此身暂寄在禅门。
合围老干皮如铁，一脉犹传华夏魂。

（二〇〇七年七月七日）

【注】

① 禅林寺，在兴隆县，始建于何时已无记载，第一次重修于晋，距今1700年以上。寺有银杏林，老杆犹见火烧痕迹。当地民谣："先有禅林后有边，银杏更在禅林前。"边，边塞，指长城。

遵化清东陵

山屏水障势如虹，画栋雕梁费百工。
弹指死生如蛱蝶，拿云事业等鸡虫。
烽烟不扰龙床静，狐鼠凭穿土穴空。
草茂林深獐鹿老，梦魂夜夜到关东。

（二〇〇七年七月八日）

清东陵神道石像生

路砖斑驳草莱封，三百春秋不动容。
金殿移来成祭殿，老龙归去看新龙。
灵车队队头前过，往事番番劫后逢。
唯约守陵人共语，四时闲忆帝王踪。

（二〇〇七年七月八日）

打油戏赠幻庐兄①

贾语村逢甄士隐，天门阵困周公瑾。
山洪戏绕龙王庙，玉面轻搽蝴蝶粉。
仿佛他乡遇故知，依稀天外来飞吻。
红娘巧手线穿珠，牵得崔张来合卺。

（二〇〇七年八月二十四日）

【注】
① 幻庐王冰，集《居庸诗钞》句为绝句数首，初见以为吾兄新作，其中有颇似拙句者，大叹心有灵犀。后始知为集句矣。

步韵和力夫兄《戏题草原惊马》

读力夫诗,如饮琼浆,虽力不逮,强为和之,非为诗,为仰慕也。

长啸一声如电驰,丝缰松紧两难持。
断无瞬息容斟酌,纵失天干有地支。
险未伤身真侥幸,焉能见马便思骑?
九方皋若能来此,定把实情先告知。

（二〇〇七年七月十日）

【附】

张力夫《戏题草原惊马》

振鬃长嘶忽骋驰,山公失色忘矜持。
飞天魂魄难相守,落地身形强自支。
想我焉能唯物化,谅君不惯任人骑。
恍然白马元非马,应是他乡遇旧知。

（二〇〇七年七月六日）

步世广兄韵①

暂借红尘寄此身,诗书为伴不忧贫。
但凭针石开三窍,更遣丸汤安六神。
短信清吟传北国,大哥今日在西邻。
元宵再作和声唱,倒卷珠帘情最真。

(二〇〇七年七月二十二日)

【注】
① 乙酉元宵夜,与世广兄以王荆公原韵唱和,用卷帘格,凡三叠,又和五律一首。

【附】

邓世广《北疆采风期间,适值贱贱降之辰,因秘制自寿一律,今始示人》

六十一年修此身,半生蹭蹬半生贫。
官微固责曾投鼠,俸薄皆因不敬神。
幸有清风充短袖,尚余浊酒醉芳邻。
敢云仁术谁如我?济病扶危情最真。

(二〇〇七年七月二十二日)

竹风吟

——贺郭云《竹风吟稿》出版[①]

携云伴雨出千峰，为觅知音访箨龙。
一曲清吟传雅韵，岁寒时节伴梅松。

（二〇〇七年八月十五日）

【注】
① 郭云，山西晋城人，退休干部，诗人。

调笑令·邢台赠圣马酒庄[①]

圣马，圣马，落户太行山下。葡萄绿满庄园，金杯遥对月圆。圆月，圆月，美酒神州香彻。

（二〇〇七年八月十九日）

【注】
① 圣马酒庄，源自泰西，落户神州，服务中华。余出席邢台诗词研讨会，期间赴圣马采风，颇有感焉，爰引《尚书》《诗经》之句，赠一联曰："明厥大命吟周诰，称彼兕觥继豳风"，又赋《调笑令》以赠。

丁亥九日遥望霍山用小杜九日齐山登高韵①

霍山霜叶已纷飞，又引相思上紫微。
秦岭断云犹带雨，胡天孤雁正思归。
惯听群瀑喧高调，且任闲情看落晖。
欲插茱萸无觅处，西风萧瑟拂人衣。

（二〇〇七年十月十九日）

【注】
① 中镇诗社社课作业。是日，中镇诗友同登霍山。因事滞蜀，遥寄社课。

念奴娇·步韵力夫兄北岳词

登临极目，望南天云隙，如丝河洛。回首凌虚悬宝刹，正可依栏清酌。涧隐龙蟠，蜂驱虎聚，看取冲天崿。钟声忽送，蓦然抛却忧乐。　　犹忆卓锡西来，横江一苇，曾慑千人魄。几度沧桑如转瞬，谁识辽城归鹤？柏籽空庭，芥尘盈院，往事埋幽壑。寻寻唯见，梵铃闲挂高阁。

（二〇〇七年九月十九日）

【附】

张力夫《念奴娇共丰川友人北岳》

将身带影，问年来何事，三辞京洛。沽酒太恒玄岳下，好共刘伶斟酌。迥出凡尘，坚持北斗，峰嶂呈鬼崿。听箫幽径，暂忘人世哀乐。　　巡狩舜帝曾游，娥英伴否，念此须惊魄。登眺南天霜雁去，杳杳疑飞黄鹤。寂寞罡风，参差古柏，为我填沟壑。白云千载，与君同上仙阁。

（二〇〇七年九月十八日）

青白江访蔡淑萍老师返京机上作

幽燕远行客，来叩绮园窗。
户隐蓬莱境，谈倾贝叶幢。
远山迷黛色，前路吠群龙。
忽见云开处，回望青白江。

（二〇〇七年十月十九日）

步韵力夫兄《水龙吟谒峨眉山》

梵天东土非遥,霎时飞越千千嶂。慈航引渡,寻常示现,横骑白象。玉佩生辉,宝幢幻彩,云开天朗。正山门乍启,寺钟初振,身无垢,心无妄。　　经诵声声回荡,绕香烟,如垂纱障。百年梦醒,一朝抛却,迷中万相。脚下石梯,头前金顶,几番瞻望。看莲花三现,普行十愿,踏恒河浪。

(二〇〇七年十一月五日)

【附】

张力夫《水龙吟谒峨眉山》

寄形钢索云车,霜枫点染青屏嶂。神牵彼岸,时常出没,六牙白象。塔影依稀,晨钟仿佛,梵天清朗。看烟归幽壑,光开绝顶,因缘到,非虚妄。　　自入琳宫净土,试消他,几多尘障。普贤大士,恢宏气度,庄严宝相。我拜金身,不关富贵,不关名望。道须弥界小,恒沙势众,靖心头浪。

(二〇〇七年十一月五日)

兵马司唱和①

步韵力夫兄

相机数码摄新图，石础朱门记旧都。
壁上铜牌书锦字，枝头嫩枣缀青珠。
国风消息时传赵，乐府宫商月入吴。
更约居庸二三子，清吟远遏阵云孤。

（二〇〇七年十一月八日）

【注】
① 北兵马司17号，《中华诗词》杂志社社址。

【附】

张力夫《北兵马司十七号》

雨巷幽深入画图，依稀得辨旧京都。
初秋院落涵清气，满架葡萄缀紫珠。
朝夕每闻秦望楚，兴亡偶感越吞吴。
时来山海行吟客，容与禅茶道不孤。

（二〇〇七年十一月七日）

再和力夫兄

白雪阳春信可图,还邀子建赋清都。
分寒雨巷曾同伞,论剑华山每夺珠。
今日诗词叹双绝,何时旌节下三吴?
此身合在华严界,一上峨眉便不孤。

(二〇〇七年十一月八日)

【附】

张力夫《前韵赠苇可》

华严经卷洛河图,久伴奇才隐帝都。
曾上九重探法界,终凭一苇采骊珠。
壮词每自高通古,嘉誉新从魏到吴。
特地因缘令合契,山深不许片云孤。

(二〇〇七年十一月八日)

三和力夫兄

松堂初绘小蓝图①，风雨幽燕忆旧都。
柳巷删诗堪济世，草原惊马可探珠②。
一阕豳风传北国，三分汉祚在东吴。
畏临轩里觅新句③，不觉夜深灯影孤。

（二〇〇七年十一月八日）

【注】
① 松堂，指太庙，"文革"后第一期诗词培训班在此举办。
② 惊马，力夫曾在内蒙草原惊马，幸无伤，见其诗及和诗。
③ 畏临轩，力夫书斋号。

读伯元兄诗

枝枝通地脉，叶叶是天然。
庐结云深处，壶中有大千。

（二〇〇七年十一月二日）

寄蔡淑萍老师

九寨辞游不惮孤，来瞻西蜀子云庐。
芝兰绕户香盈室，翰墨临窗案积书。
未寄葡萄失前约①，但调青白写新图②。
渝州归后期嘉讯③，小巷深深待远车。

(二〇〇七年十一月八日)

【注】
① 2006年曾寄诗蔡老师，有句曰"小院葡萄秋日熟，花溪先寄带霜枝。"
② 蔡居住青白江小区。
③ 今年11月，蔡赴重庆检查身体。

【附】

蔡淑萍《步韵答京战》

陋室长谈道不孤，欲登泰岱小匡庐。
九垓意气横鹏翼，灯牖性灵读异书。
长白萧骚大风句，雁门斑驳旧关图。
难忘最是清秋节，僻里曾经驻远车。

(二〇〇七年十二月六日)

贺人大国学院新风雅诗社成立[①]

浩荡诗风起大潮,西园景色正妖娆。
一花先放催春早,引领群芳处处娇!

(二〇〇七年十一月二十九日)

【注】
① 社长陈斐,在读博士。笔者应邀出席成立大会并发言。

淮安行

题淮安诗教现场会[①]

白发垂髫共品题,河山入韵见神奇。
今朝风雅开新境,万紫千红总是诗。

(二〇〇七年十二月二日)

【注】
① 全国诗教经验交流淮安现场会,2007年12月2日—4日在江苏淮安市举行。

题淮安市城管局①

谁说城管太艰难？我把风骚到处传。
遍采芬芳成雅韵，一天辛苦化诗篇！

（二〇〇七年十二月三日）

【注】
① 淮安市城管局，被中华诗词学会授予"全国诗教先进单位"称号。

题淮安师院附中①

琼林玉树满园栽，指日诗坛见栋材。
引领神州花烂漫，一吟一唱一春雷！

（二〇〇七年十二月三日）

【注】
① 淮安师院，被中华诗词学会授予"全国诗教先进单位"称号。

题淮安石塔湖小学①

烂漫天真看幼苗，吟声犹带几分娇。
诗家此是摇篮地，好续灵均唱楚骚！

（二〇〇七年十二月三日）

【注】
① 淮安市石塔湖小学，被中华诗词学会授予"全国诗教先进单位"称号。

到淮阴

怎把淮滨作渭滨，千秋慨叹付来人。
猝加奇辱犹能忍，自假齐王未必真。
垓下楚歌方过耳，云中汉阙已成尘。
殷勤寄语远游客，误了归期漂母嗔。

（二〇〇七年十二月三日）

淮阴吴承恩故居遐想

荷池小院月朦胧，偶入仙家棋局中。
劫遇连环一子失，罚当面壁十年功。
禅房偷改天书字，铁笛欲开尘世蒙。
可惜真情半辜负，今人只识六龄童。

（二〇〇七年十二月三日）

贺 诗[①]

北固松梅冰雪姿，三吴风景赖扶持。
今朝不拍栏杆遍，重写名楼壁上诗！

（二〇〇七年十二月十二日）

【注】
① 今年是镇江诗词协会、松梅诗社成立20周年，也是多景诗社成立45周年，12月28日举行庆祝大会。因俗事未能出席，先寄小诗，以申贺忱。

金缕曲·步韵寄蔡淑萍老师

仙曲人间寡。正瑶台，玉阶箫管，偶传华夏。三顾徘徊灯影乱，应是真知音者。浑忘却、尘嚣呜哑。待到曲终肠断处，奈苍生误我衷情话。每念此，怅然也。　　百年沉梦醒来乍。羡南窗、笔端唯静，卷中唯雅。万里云中归倦客，小巷空名兵马。有翰墨、凭君挥洒。了却有关无关事，将平平仄仄从头写。天阙钥，倩谁把？

（二〇〇七年十二月十八日）

【附】

蔡淑萍《金缕曲步韵答人》

老去才情寡。更何堪、一朝惊病，历冬经夏。忽读华章思绪渺，恍惚余为谁者。惭愧甚、年来喑哑。闻到论诗围炉事，感殷殷记我当时话。得似此，友声也。　　多愁常觉寒温乍。叹璃窗、怎遮风雨，尽余娴雅。瞻望茫茫云雾际，磊落腾骧天马。将汗血、长空飞洒。浩荡大江东入海，愿波澜推助新篇写。祝福盏，为君把。

（二〇〇七年十二月十七日）

网上跟帖（一）

好诗，有活力，有潜力。古云后生可畏，信然。临屏赋句，为楼主喝彩：

少年人写少年诗，惊倒东城兵马司。
杜酒萧规开老眼，教人愧忆少年时。

（二〇〇七年十二月二十一日）

【附】

秀禾《少年》

从来感物出天真，神采飞扬尤可亲。
怀抱常关风与月，生涯无虑米和薪。
直倾杜酒何劳劝，敢破萧规不效颦。
自许梁公词笔后，长教天下美三春。

（二〇〇七年十二月二十一日）

网上跟帖（二）

　　同意 8 楼力夫兄意见，揽就一语稍显鲁莽，改为一览，差可。有寄慨，有深度，着力点是正确的。如 11 楼所言，用力痕迹稍重，有呕心沥血之嫌。此非可强求，循此以进，待炉火九转，百炼钢成绕指柔，其痕迹自可消解。勉之哉。11 楼叶兄目光如炬，洞见三昧，真隔山打牛之功，佩甚。临屏寄语，望楼主笑纳：

　　眼底苍茫关世情，层林雁阵看纵横。
　　祥云不是风吹乱，只是心潮不得平。

（二〇〇七年十二月二十一日）

【附】

夜阑听雨《登西山》

　　山风飒飒正相迎，霜染层林雁阵横。
　　揽就苍茫浑忘世，由他脚下乱云生。

（二〇〇七年十二月十八日）

花甲抒怀

投身尘世恰逢丁，六十干支未解铃。
横帽遮兮华盖运，竖钩避矣楚江萍。
柳营默默听金柝，蝶梦频频扣玉扃。
也欲人前夸耳顺，茫茫遥指一天星。

　　　　　丁亥岁末（二〇〇八年一月八日）

【附录】

诗词论文选

【附录一】

诗如其人

唐诗中直接描写琴曲的诗不少，其中最具代表性的有三首，一是李贺《李凭箜篌引》；一是白居易的《琵琶行》；一是韩愈的《听颖师弹琴》。三首诗都是脍炙人口千古流传的好诗。诗人通过大量的比喻描写，把听觉形象转化为视觉形象，生动细腻，栩栩如生，使缥缈的琴声变成了可资把玩品味的实体，令人如亲耳所闻。以至千百年来，一听音乐便想起这些诗句。三首诗题材相同，表现手法却不同，这不仅反映了三位诗人不同的诗风，同时也反映了这三位诗人不同的人格。

李贺因父名晋肃而不能举进士，因而官场无望，才气尽显于诗，故诗风奇拔诡谲，有"诗鬼"之称。白居易勤政爱民，体察民情，以民声入诗，通俗平易。韩愈"文起八代之衰"，孤标高举，力退绮风，挽狂澜于既倒，为一代宗师领袖。三人中韩最年长，白小韩四岁，李小韩二十二岁，可算同一时代之人。所听琴曲，虽非同一乐曲，但即便让三人同时听同一琴曲，写出诗来也会各有特色。故就诗的特色而言，也可以说是"异曲同工"的。琴声入耳，三人见仁见智，感触不同；摩声状韵，用语迥异。仅从其纯粹对琴声的描述中，便可窥见端倪。

首先看对琴曲中舒缓细腻部分的描写，李诗是"昆山玉碎凤凰叫，芙蓉泣露香兰笑"，白诗是"嘈嘈切切错杂弹，大珠小珠落玉盘"，韩诗是"昵昵儿女语，恩怨相尔汝"。李贺仕途无望，奇才难展，故听出"昆山玉碎"之音。白居易虽遭贬谪，仍忧国忧民，民之于国，臣之于君，正如"玉珠金盘"，起落与之。韩愈以扫荡六朝绮风为己任，且官场荣辱备尝，故能听出"儿女语""恩怨语"来。

其次看其对琴曲中激烈紧张部分的描写。李诗是"女娲炼石补天处，石破天惊逗秋雨"，白诗是"银瓶乍破水浆迸，铁骑突出刀枪鸣"，韩诗是"划然变轩昂，勇士赴敌场"。李贺被官场封杀，心中郁闷不平可想而知，固有"石破天惊"之呐喊。白居易怀兼济之志，修独善之行，突遭贬谪，自有"银瓶乍破，铁骑突出"之慨，韩愈"勇夺三军之帅"，入汴州而说韩弘，入镇州而抚王廷凑，此皆"勇士赴敌场"也，非亲入虎狼之穴，焉能有此"轩昂"之气耶？

第三，看其对琴曲中婉转凝涩部分的描写。李诗是"空山凝云颓不流"，"江娥啼竹素女愁"，白诗是"幽咽泉流冰下难"，"冰泉冷涩弦凝绝，凝绝不通声暂歇"，韩诗是"喧啾百鸟群，忽见孤凤凰，跻攀分寸不可上，失势一落千丈强"。李贺面对现实，坚冰难破，"空山凝云"，只有"啼"和"愁"了，白居易谪居九江，犹如"泉流冰下"，虽有"幽愁暗恨"，但来日方长，东山有望，故"此时无声胜有声"。韩愈搴蠹先驱，凌空振臂，正是高处不胜寒，故有"孤凤"之叹，"跻攀分寸"，谈何容易，难免心力交瘁之感，遂生"失势千丈"之忧也。

第四，看其对曲终的描写。李诗是"吴质不眠倚桂树，露脚斜飞湿寒兔"，白诗是"客中泣下谁最多，江州司马青衫湿"，韩诗是"推手遽止之，湿衣泪滂滂，颖乎尔诚能，无以冰炭置我肠"。李贺以"吴刚玉兔"为喻，俨然一副超脱尘世，远离宦海的姿态，彻夜无眠，长恨终生。李贺的早夭，应是精神抑郁所致。白居易是为"同为天涯沦落人"而一洒同情之泪，虽然泪湿青衫，但其悲其痛，比起李贺就差的远了。韩愈则是闻琴思己，一生体验的浓缩，全被琴曲勾引出来了。功乎？罪乎？荣乎？辱乎？大冷大热，真如冰炭交加，故不忍卒听也。

对弹琴者而言，三位诗人是听众，他们从琴声中，听出了自己的身世，听出了自己的命运，可谓知音矣。艺术欣赏就是从艺术品中发现自身，从而得到审美共鸣，这种共鸣是动人心弦、直达胸臆的独特体验，这就是美感，这就是审美享受的基本内容。正是这种强烈的审美共鸣，融铸出了千古不朽的名篇佳句。

诗如其人，诚哉斯言。

二〇〇二年一月一日

【附录二】

亲历、亲见与想象

生活是诗的第一源泉。人生的经历是宝贵的财富，是诗得以生长发育开花结果的土壤。古人说"读万卷书，行万里路"，"功夫在诗外"等语，都是指的这个意思。

但是人生有限，不能事事亲历，处处亲见。即使读了万卷书，行了万里路，对于大千世界来说，也不及沧海之一粟。

诗还要借助于想象。想象是诗的第二源泉，是诗得以枝繁叶茂花团锦簇的水分和营养。

没有生活的诗是苍白的，即便是艺术大师，也难掩其瑕。苏东坡知登州三日，作《海市诗》。我们看他在诗中对海市蜃楼的具体描写："东方云海空复空，群仙出没空明中。荡摇浮世生万象，岂有贝阙藏珠宫。什么是"空复空"的景象？"群仙"到底是什么样的？"万象"中到底有一些什么"象"？"贝阙"是怎样藏在了"珠宫"里？这些情景，正是诗中应该泼墨重彩详细描写的，诗中却含糊其辞，不甚了了，使人不得不想到，他可能是凭想象凭传说来写，并没有真的见到。再看诗序："祷于广昌王之祠，明日见焉"，又托给神明显灵，以打消人们的怀疑，给自己一个下台阶。这序其实是"此地无银"，更令人怀疑他确实没有眼福亲见实景。人们看了他的诗，丝毫也看不出海市蜃楼到底是什么样子。我们看李白

《梦游天姥吟留别》"霓为衣兮风为马，云之君兮纷纷而下来，虎鼓瑟兮鸾回车，仙之人兮列如麻。"可知，李白真的是做了这样一个梦，而不是想象的。

即使是亲眼所见的事，如果不是亲手所做，写出来也会有所不同。比如白居易《观刈麦》中写拾麦穗："复有贫妇人，抱子在其旁，右手秉遗穗，左臂悬敝筐。"这确是白居易亲眼所见，写的真切感人。但白居易似乎没有亲手捡过麦穗，他对"贫妇人"只是怜悯同情和愧疚（这是十分宝贵的），但对于拾麦穗这个具体动作，对于其中的辛苦劳累便无亲身体会，如果让他写"拾麦舞"，想来也便是"右手拾穗，左臂悬筐"这样的句子。对照一下聂绀弩的《拾穗同祖光》"一丘田有几遗穗，五合米需千折腰"，"堪笑一双天下士，都无十五女儿腰。鞠躬金殿三呼起，仰首青山百拜朝"，便可知二者的差别。聂诗已把拾麦穗的具体动作、具体辛苦劳累之处，活灵活现地写了出来，凡是拾过麦穗的，都觉得灵犀点通，觉得诗句正是自己心中所欲言，而这正是白诗所未到之处。两相比较可见，只有拾过麦穗的人，才能从白诗中领悟到拾麦的艰辛；即使没有拾过麦穗的人，也能从聂诗中体味出拾麦的劳累：这就是二者的差别。当然，白诗重点不在拾麦，但亲见和亲历，写来是会有不同的，其中的粗细、深浅、亲疏，是不难体味出来的。如果聂绀弩写《观拾麦》，我想肯定会是另一番景象。我们看聂绀弩《北荒草》中搓绳、挑水、推磨、脱坯、割草、伐木、放牛、清厕等劳作，读后真似亲手所操，便是诗人亲历入诗的缘故。生活是多层次的，生活的深度决定了诗的深度（本文仅就"拾麦"这一具体动作而言，不涉及对全诗的分析评价）。

只要诗人亲见亲历过，即使写诗时并没有见到，也不妨碍写出好诗。我们看岑参《白雪歌送武判官归京》："轮台东门送君去，去时雪满天山路，山回路转不见君，雪上空留马行处。"岑参写诗时，是在"中军置酒饮归客"的大帐中写的，写好后送给即将离去的武判官。诗中送别时的情景，其实还未发生，诗人只是凭想象而"预支"过来的。但岑参确实经历过多次"雪漠送别"，多次见过"雪上空留马行处"的情景，所以写来如见如临，毫无牵强痕迹。生活的原型被诗人灵活运用，厚积薄发，天衣无缝。如果非要等武判官走了，再写完"雪上空留马行处"，那这首送给武判官的诗，岂不是"望人兴叹"了吗？我们再看李白《送孟浩然之广陵》："孤帆远影碧空尽，唯见长江天际流"，也是如此。

生活是想象的根基。根基不牢，想象之翅便能源缺乏，动力不足，驰骋的范围也便受限。我们不能认为想象是万能的。同样，我们也不能把生活等同于艺术。想象是生活的升华，没有想象的酵母，生活便酿不出艺术的美酒。为诗如此，庶几可言"得其所哉"。

二〇〇二年一月一日

【附录三】

"同身等韵"说

读《中华诗词》2002年第一期星汉先生《今韵说略》(以下简称《今》),颇表赞同。利用汉语拼音系统来释韵定韵,这种方法是科学的。古无独立的音标系统,以"反切""读如"之类注音,实质上是汉字辗转自注,划分韵部以何标准,不可能有明确的界说。古人对于韵书,也发现多有抵牾费解之处,因无研究工具,不好去碰金科玉律,只好削足适之。现在,汉语拼音、注音字母、国际音标等语音工具,已为国家所颁,世人所通用。以汉语拼音为工具,以《新华字典》注音为规范,正式衡定汉字之音韵,归类建首,辨谬存理,释疑统歧,实为当行必行之举。这正是《今》文的价值所在。

在谈到韵部划分的标准时,《今》文只是笼统地说"同韵就是指韵头以后的部分相同"。这种提法抓住了问题的实质和要害,但仍稍嫌含混。其实,韵腹和韵尾合称"韵身",所谓"韵头以后部分",正是"韵身",因此,可以直接明确地提出"同身等韵"的标准,做为判断的尺度。

按照这个标准,把韵身相同的字理所当然地划归到同一个韵部来。实际上,《今》文把汉语拼音中的35个韵母划分为15个韵部,所依照的就是"同身等韵"的标准。可以看出,"同身等韵"的标准一经确定,现代汉语划韵分部问题基本上就水落石出了。

有人说,把韵部划分出来就可以了,何必非要定一个标准呢?笔者认为,有一个明确的标准是非常必要的。我们不能中断传统，不能中断历史，不能丢掉《平水韵》这个"家底"。有了这个标准，我们不但可以理直气壮地摆脱《平水韵》的束缚，廓清历代韵书中的抵牾费解之处，科学地划分现代汉语的音韵，同时又可合理地把握今韵对古韵的继承发展的关系，保持历史的一脉相承，不再重复"五四"时期一些激进文人对历史"全盘否定、全部抛弃"的错误。音韵划分是个复杂的问题，其中一些具体操作事项，并不是三言两语所能解决的。有了这个标准，大家言有所据，行有所依，对解决一些历来各抱一隅争论不休的问题，也会有促进的作用。标准就是一杆大旗，一把尺子。有了这个标准，在探讨一些具体问题时，至少可以看到三条明显的好处：一是名正言顺，有理有据；二是易学易用，易教易传；三是决疑断歧，规范统一。

"同身等韵"是诗韵划分的标准，它不完全等同于语言学中的音韵学。前者是为诗词创作服务的，强调其实用性，属于艺术工具的范畴；后者是为语言研究服务的，强调其学术性，属于知识学问的范畴。因此，从诗词创作的实际出发，个别情况下可能出现"近身同韵"现象。这在语言学中可能是不妥当的，但在诗词创作中是必须的和合情合理的。

下面，对几个集体问题作以下解释和说明。

第一个问题，eng、ong 应同韵。

正如《今》文所说，韵母 ong 的使用，只是《汉语拼音方案》的特殊处理，从音韵学角度上讲，ong、iong 的韵腹都不是 o，而是 e，即应为 ueng、üeng，其韵身都是 eng，按照"同身等韵"的标准，eng、ieng、ueng、üeng 当然是同韵。这样，一东、二冬、八庚、九青、十蒸自然而然就归入同一韵部。在《注音字母》中，ong、iong 即为ㄨㄥ、ㄩㄥ。《汉语拼音方案》画蛇添足，徒增纷扰，比《注音字母》反而倒退了。《今》文说"有人主张将韵母表中 eng、ing、ueng、ong、iong 合成一个韵部是有道理的"，道理在哪里呢？道理就是"同身等韵"。因此，《今》文后边又说为了"在形式上取得一致"而将 ong、iong 另立一部，其实是迁就了《汉语拼音方案》的不合理部分，因而是不必要的。

第二个问题，an、en 不应同韵。

这两个韵母的有些字在古代读音是相同或相近的，因而《平水韵》把它们归入同一个韵部（十三元）。现在有些地方方言中还保留着这种读音，但普通话中已有了明显的区别。这两个韵母虽然都是以鼻音 n 做为韵尾，但做为韵腹的主元音不同，因而韵身不同。按照"同身等韵"的标准，不应同韵。《平水韵》的韵部中，十三元约一半是 an 韵，一半是 en 韵。按照"同身等韵"的标准，理应分归各韵，将十三元（半）与十四寒、十五删、一先、十三覃、十四盐、十五咸合并为一个韵部，同理，将十一真、十二文、十三元（半）、十二侵合并为一个韵部。

第三个问题，en、eng 不应通押。

正如《今》文所说，古人填词，多有 en、eng 混押现象，但诗中极少见。古人词韵宽于诗韵，可能古音中确实存在 en、eng 混淆的读音。现在有些地方方言中，仍有 en、eng 不分的现象，大概就是对古音的保留。现代音韵只有十几个韵部，字量大，余地大，用韵再无放宽的必要。因此，不论从"同身等韵"的标准来说，还是从具体操作的尺度来说，这两个韵部都不应再通押。

第四个问题，e 不应与 ie、ue 同韵，而应与 o 同韵。

我们所说的"同身等韵"的标准，是从音韵学的角度而言的，是以字的实际读音为依据的。《汉语拼音方案》为了使用方便，对个别字母的使用做了调整。比如，ie、ue 中的 e 实际应是 ê，即《注音字母》中的ㄝ，为了简便以 e 代之。注音时是方便了，划韵时却增加了一层假面具。因此，e 与 ie、ue 不应同韵。相反，e 与 o 在汉语拼音中发音的区别，是依赖于声母的，当其与 b、p、m、f 相拼时，即发 o 音，与其他声母相拼时，即发 e 音。它两个其实是一个韵母，只是由于前面声母的发音差别，而造成了读音的差别。《十三辙》把它们同归入"梭波"辙，是有道理的。《注音字母》中用ㄛ、ㄜ表示，采用两个字形接近的字母，正是反映了读音的实际情况。就像韵母 i，与声母 zh、ch、sh 相拼时的读音，和与声母 j、q、x 等相拼时的读音，似乎也是不同的，但他们确是同一韵母。因此，e 与 o 应同韵。

笔者认为，按照《新华字典》注音和"同身等韵"的标准，把韵身相同的字归为一个韵，计有十四个韵部：a、o、ê、ai、ei、ao、ou、an、en、ang、eng、i、u、ü，可定名为《中华十四韵》。阴平阳平为"平"，上声去声为"仄"（为了对应，不妨称为"阳仄"和"阴仄"），原来用入声字的地方、押入声字的词牌，统一改用仄声。也可以仿照《平水韵》或《十三辙》，选一个或两个字作为韵部的名称。笔者建议，编辑出版《中华韵典》，包括《中华十四韵》和《平水韵》

两大部分，以体现"倡今知古、双轨并行"的原则。《中华韵典》应由国家权威机关颁布施行，成为"钦定"的法规文件，昭行天下，载入史册，为新时代中华诗词的中兴开基立业。这应是我们这一代人躬逢其时责无旁贷的历史使命。

二〇〇二年二月一日

（本文最初发表于《中华诗词》杂志 2002 年第 4 期，有删节。后来，作者对文中某些观点作了修正。）

【附录四】

雨魂与诗魂

——读诗偶得

天以雨滋润万物,同时也滋润了人的精神世界,提供了文学创作的素材。《诗经·郑风》:"风雨如晦,鸡鸣不已",大概是最早写雨的诗句。诗人们见雨而生情,借雨而抒情,托雨而寄情,以雨而传情。千姿百态的雨姿,造就了千古传诵的名篇佳句,多侧面、多角度、多层次地传达了雨的美感,使人为之倾倒,为之陶醉。

雨似天水,从天而降,涤荡尘垢,一洗乾坤,使人感到一种清新美。"渭城朝雨浥轻尘,客舍清清柳色新。"(王维《送元二使安西》)"天街小雨润如酥,草色遥看近却无"。(韩愈《早春呈水部十八员外》)便是写的这种清新之美。

细雨如丝,微雨如雾,笼遮河山,如纱如幕,迷濛之中,展现的是一种朦胧美。"绿遍山原白满川,子规声里雨如烟"。(翁卷《乡村四月》)"南朝四百八十寺,多少楼台烟雨中"(杜牧《江南春绝句》)便是写的这种朦胧之美。

雨降于天,因时而至,来去无拘,急徐自如,其中蕴育着一种安闲恬淡之美。"好雨知时节,当春乃发生。随风潜入夜,润物细无声。"(杜甫《春夜喜雨》)"春眠不觉晓,处处闻啼鸟。夜来风雨声，花落知多少。"（孟浩然《春晓》）"七八个星天外，两三点雨山前。"（辛弃疾《西江月》）便是诗人对这种恬淡之美的品味和欣赏。

急雨如泼，骤雨如注，似乎覆盖一切，无坚不摧，体现出一种巨大的力量感，这是一种雄壮之美。英雄伟人多用此寄托自己的豪情壮志，显示大无畏的英雄气概。"黑云翻墨未遮山，白雨跳珠乱入船。"（苏轼《六月二十七日望湖楼醉书》）便是如此。"怒发冲冠，凭栏处，潇潇雨歇"（岳飞《满江红》）更是借雨抒怀了。至于"春潮带雨晚来急，野渡无人舟自横"（韦应物《滁州西涧》）则是以动衬静，用了"欲擒故纵"的笔法。

下雨天一般阴云密布，气温低冷，天地间笼罩着一股寒湿之气，阴郁之氛，最易助长哀切之情，传达一种愁苦之美。"床头屋漏无干处，雨脚如麻未断绝。"（杜甫《茅屋为秋风所破歌》）使人想起"屋漏更遭连夜雨"的哀叹。到了"梧桐更兼细雨，到黄昏点点滴滴。"（李清照《声声慢》）真是字字泣，声声泪，使人如闻呜咽之声，而不忍卒读。这就是愁苦之美所具有的强大的震撼力量。

诗人又将自己的身世际遇寄托于雨中，人生入雨，雨映人生，让雨景成为一种命运的诉说。"清明时节雨纷纷，路上行人欲断魂。"（杜牧《清明》）一丝淡淡的凄凉，让人品尝到了这种凄凉之美。"君问归期未有期，巴山夜雨涨秋池。"（杜牧《夜雨寄北》）则把千般思绪万种离愁，尽付与巴山夜雨之中，充分展现了一种缱绻缠绵之美。"惊风乱飐芙蓉水，密雨斜侵薜荔墙"。（柳宗元《登柳州城楼寄漳汀连封四州》）把自己所受的打击迫害，尽融于雨中，使人读后怵然心惊，黯然伤神，感悟到一种悒郁之美。苏轼超脱旷达，随遇而安。他被贬海南，出行遇雨，反而兴高采烈。"莫听穿林打叶声，何妨吟啸且徐行。竹杖芒鞋轻胜马，谁怕？一蓑烟雨任平生。"（苏轼《定风波》）似仙风道骨，飘然于化外，表现出了一种超然之美。

苏东坡大概是最爱雨的诗人。因久旱得雨，他还专门建造了座"喜雨亭"，专门写了《喜雨亭记》。文中写道："使天而雨珠，寒者不得以为襦；使天而雨玉，饥者不得以为粟。"可见，他的喜雨，首先是从老百姓"身上衣裳口中食"着想的。这与单纯欣赏雨的自然美，有着不同的境界。从自然界方面来说，雨是人们的衣食之源，这应是雨之魂，也应该是诗之魂。从人类社会方面来说，劳动是人们的衣食之源，这应是诗之魂。"笠是兜鍪蓑是甲，雨从头上湿到胛。"（杨万里《插秧歌》）"青箬笠，绿蓑衣，斜风细雨不须归。"（张志和《渔父歌》）诗中赞美的是雨中的劳动，是劳动中的雨，把雨与劳动人民的生产活动紧密结合了起来。或许，这才是雨魂与诗魂的归宿吧。

二〇〇二年六月八日

【附录五】

情浓化作竹枝声

—— 读段天顺《燕水竹枝词》

　　仁者乐山，智者乐水，此乃个人情操之所乐，非"先天下之忧而忧，后天下之乐而乐"也。有段夫子者，出长北京水利局，不为官衙所阻，不为官场所累，竹杖芒鞋，踏遍幽山燕水，遇水必循流而溯其源，遇泉必据史而考其变，遇湖水库必记其兴建沿革规模体制。归而为文，文之不足，复为之歌。于是乃有《燕水竹枝词》面世也。

　　捧而读之，水也，泉也，河湖水库也，美景秀景奇景，琳琅满目应接不暇，似随作者畅游乎山水之间也。继而读之，无水，无泉，无河湖水库，所陶醉者所倾倒者，唯一情字。始知其字里行间，满目满篇皆情也。

　　其情者何？一曰爱国之情。古人云"江山如画，一时多少豪杰"。山者祖国之山，水者祖国之水；钟情于山水者，皆爱国之情怀也。"行尽清溪十二曲，才知仙境在人间"，"不坐飞船不乘槎，入峡一步到仙家"其对山水之美之倾心向往，非爱之至深乎？二曰报国之情。段夫子身居水利之官，除水患，兴水利，造福于民，此为官之职司、报国之门径也。"莫言清水有佳名，一怒狂涛毁半城"，"牢记防洪兼灌溉，京郊先放一枝花","分得一缕青溪水，直把浪花变电花"，其报效祖国、建功立业之情，跃然纸上矣。三曰爱民之情。诗中之人物，皆水利建设之英雄，"倥匆千军不计秋，朔风刺面雨淋头"，"一样雄心驾怒涛"，"又赴深山伏孽龙"，"一缕红巾出峭崖，斩棘劈山女管家"，作者把深深的爱民之情，凝聚在对水利建设者的讴歌赞美之中。四曰怀古之情。每篇之首，辅以短文，于源流变革，史实故事、民俗传说等等，悉以记之。恰似抢救文物古迹，于民族之历史文化，功不可没。此皆志士仁人之所作为也。

昔者郦道元之行，学也；徐霞客之行，游也。而段夫子之行，情也。且观其诗中之情，国之兴亡，民之疾苦，皆系之于一身矣。此非一己之私情，乃民之情，国之情，时代之情也。情动乎中而发乎外，山水而为之增色，天地而为之和鸣，万民而为之鼓且舞也。读者一唱而三叹，歌者余韵绕梁而不绝者，浩荡喷薄感天地泣鬼神者，情之为物也，以此观之，其必如此乎！

竹枝之词，民声也，非庙堂之高所能为之。段夫子居庙堂之高，为官一任，造福一方。幽燕大地一河一渠一泉一湖，皆其足迹之所至，操劳之所系，心血之所凝。篇篇竹枝，所记非虚。京畿之民，身受其惠，丰碑已树于心中，诵其诗，言其事，口碑相传于百千年。诗之为用，斯为大矣！

短文局促，难探幽微。仅以《竹枝》一曲结之，以表"景行止"之意也。

《燕水竹枝词》读后

一水一泉都是情,情浓化作竹枝声。
竹枝声里柳枝绿,闾巷争传新《水经》!

二〇〇二年十一月一日

【附录六】

适应新的时代 推进诗韵改革

——《中华新韵（十四韵）》产生的前前后后

《中华诗词》2004第5期刊发了《中华新韵（十四韵）》，在诗坛引起了很大的反响。很多读者纷纷来信，有赞成的，有欢呼的，有提意见建议的，也有评头品足的。大家表现出的热烈的关心、积极的参与，说明了新韵的重要性，也是新韵能够逐渐成熟、逐渐完善最有利的条件。本文拟就新韵的产生过程与广大诗词爱好者作一交流，以便大家能够更好地了解和掌握新韵。

（一）

为什么要改革呢？旧体诗词所使用的音韵体系，如《平水韵》《词林正韵》等，都是以古音为依据划分的。几百年来，汉语的语言、汉字的读音已经发生了很大的变化。"五四"以来很多语言学者如黎锦熙等，对现代汉语进行了深入的研究、整理和推广工作，取得了丰硕的研究成果。50年代，国家确立了普通话和汉语拼音方案，给诗韵改革打好了基础。时过"音"迁，代有新韵，这是历史的必然规律。经过近一个世纪的历史进程，诗韵改革已经是大势所趋、呼之欲出了。

中华诗词学会把握住了历史的大好时机，及时提出了建立新诗韵的任务，并把它作为繁荣祖国诗坛的重要举措。中华诗词学会《21世纪初期中华诗词发展纲要》指出："为促进声韵改革和推行新声新韵，很有必要组织学者、专家尽快编出新韵书。新韵书可先出简本，以应急需，然后在简本试行的基础上再出繁本。"中华诗词学会会长孙轶青在2003年8月第十七届中华诗词研讨会及9月中华诗词学会浏阳工作会议的主题报告中指出："《21世纪中华诗词发展纲要》提出以普通话作基础，实行声韵改革。这是从语言发展现状出发，获得最大诗词效果，深受广大群众欢迎的必要措施。"

《中华诗词》杂志作为中华诗词学会主办的诗词艺术刊物，具体着手实施声韵改革的工作。2002年第1期发表了中华新韵编委会的《中华新韵简表》和星汉的《中华今韵简表》，紧接着又在第4期发表了赵京战的《"同身等韵"说》，第一次提出了以"同身等韵"作为划分新韵的原则。两个简表和一个原则的发表，标志着新韵在理论上已经成熟。

两个简表发表后，一边试行，一边研讨，并广泛听取诗词界各方面的不同意见。用新韵创作的诗词陆续在《中华诗词》杂志发表。

（二）

此后两年间，《中华诗词》编辑部收到了大量的来信、来稿，对新韵进行理论的和实践的探索，表现出了极大的热情。这说明诗韵改革深入人心，新韵势在必行。这些来信、来稿的内容主要有以下3个方面：

1. 对新韵的划分标准、划分方法进行论证和探讨。大多数对于赵京战提出的"同身等韵"的原则表示支持和认同，对于韵部的具体划分提出一些不同的方案，对于几种划分方案的利弊得失，进行比较和探讨；

2. 提出不同的韵表，大致有10韵、12韵、13韵、14韵、15韵、16韵、18韵、22韵、35韵等多种；

3. 用新韵创作的诗词稿件。

来信、来稿还反映，除《中华诗词》杂志发表的两个新韵简表外，诗词界还传用着几种不同的简表，造成了一定程度的混乱现象，这对于诗韵改革和新韵的推广很不利，因此强烈呼吁，诗坛应该有一个统一的新声韵。

2003年下半年，《中华诗词》杂志社对有关新韵的来信、来稿进行综合的分析研究后认为，经过两年多的试行，2002年发表的两个简表各有长处和不足，应当广泛吸取各方面的意见，博采众长，按照"同身等韵"的原则，编写《中华新韵》，在《中华诗词》发表，继续试行。

按照杂志社的决定，由赵京战执笔，起草了《中华新韵（十四韵）》的草稿，并起草了《简介》和《关于几个具体问题的说明》，一并印发给在京部分诗人、词家及语言音韵学的专家学者，进行更深入的研讨和征求意见。

同时，为了加大推行新韵的力度，于2003年第10期发表了霍松林用新声韵创作的诗词专栏。霍松林是在诗词界具有重大影响的诗人。他率先垂范，带头用新声韵进行创作，起到了很好的示范作用。

（三）

2004年上半年，中华诗词学会、《中华诗词》杂志社邀请部分语言音韵学专家学者，在北京召开了关于新韵的座谈会。座谈会的主要学术成果有以下4个方面：

1. 同意"同身等韵"的划韵原则，以此作为新韵的划韵原则是可行的，但"等韵"的提法不妥，容易与语言音韵学中的"等韵"相混淆，建议改为"同身同韵"；

2. "e、o同韵"虽有分歧，但仍是可行的。黎锦熙先生在60年代曾经作过调查，多数还是同意"e、o同韵"的；

3. "支、齐合一"。是不恰当的。"支、齐"发音差别明显，且此二韵的字量很大，应分开；

4. "鱼"韵应并入"齐"韵；

5. "eng、ong合韵"争议较大，最后多数人还是同意合为一韵；

6. 新韵出台后，每个韵的字量都扩大了，各韵不必再通押。

这些成果，都已吸纳进了后来发表的《中华新韵（十四韵）》中。

《中华诗词》2004年第1期刊登启事，宣布第5期发表《中华新韵简表》

（四）

2004年5月，《中华新韵（十四韵）》在《中华诗词》第5期发表。由于排版校对的疏漏，出现了几处差错。编辑部发现以后，立即采取措施，进行纠正，以便挽回损失。读者也相继来信、来电，指出了其中的差错。编辑部首先对新韵的《简表》再次进行校对。对读者提出的错处，逐一进行落实。校对工作集中了6位同志参加，参考《诗韵新编》《新华字典》《现代汉语词典》三本工具书，采取分校、互校、合校三个步骤，再次进行了严格的校对。校对后的《简表》在第6期重新刊出，同时加了按语，对新韵简表的差错向广大读者表示歉意，对读者的批评建议表示衷心感谢。对于单独订阅第5期的订户，由杂志社另行函寄校对后的《简表》。

（五）

《中华新韵（十四韵）》发表以后，编辑部收到了近百封读者来信和电话，除上述指出排版差错之外，还有一些是对新韵提出的意见和建议。概括起来有以下3个方面：

1. 对《中华新韵（十四韵）》的发表表示欢呼和祝贺，并谈到了新韵对繁荣诗坛所起到的作用和长远影响；

2. 对《中华新韵（十四韵）》的韵部划分有不同的看法，并从理论上进行分析和论证，有的还提出了不同的韵部表；

3. 对新韵的使用还存在一些疑点，要求派人前往授课，进行讲解和辅导，或者举办新韵培训班，帮助大家更好地了解、掌握和使用新韵。

对于第1、2个问题，《中华新韵（十四韵）》仍是试行阶段，还需要不断修订和完善。在即将出版的新韵书中，这些意见都将被吸纳进去。一个新韵体系的建立，不是一朝一夕之功，即使新韵书出版以后，仍属于试行，仍需不断完善。另外，新韵的建立不仅是理论问题，不是单靠划分韵部、公布简表所能解决的。更重要的是实践，是诗词创作的实践。只有大量新韵诗词精品的产生并被社会所认可，才真正是新韵的成熟。

对于第 3 个问题，《中华诗词》杂志社决定，结合于 9 月下旬在北京举办的"金秋笔会"，同时举办"新韵学习班"，对《中华新韵（十四韵）》进行讲解和答疑（详见《中华诗词》第 8 期刊登的启事）。

（六）

通过以上的叙述和分析可以看出，《中华新韵（十四韵）》的发表，标志着新韵的建立已经完成了初创阶段，即理论创建的阶段，进入了中期阶段，即诗词创作的实践阶段，在创作中对新韵加以检验，使其更加合理，为广大作者和读者所接受、认可，用新韵创作出大批诗词精品，真正对繁荣诗坛起到促进作用。在初期的理论创建阶段中，广大的诗词爱好者，广大关心祖国诗坛、关心诗韵改革的同道中人，积极参与、齐心合力，向祖国诗坛交了一份合格的答卷。我们将继续完成诗韵改革的重任，迎接诗坛百花灿烂的春天！

《中华新韵（十四韵）》发表以后，编辑部收到了近百封读者来信和电话，对新韵提出意见和建议，要求派人前往授课，进行讲解和辅导，或者举办新韵培训班，帮助大家更好地了解、掌握和使用新韵。因此，本文拟对读者来信中提出的几个具体问题，谈谈我们的看法，与广大读者进行交流。

1.《诗韵新编》已在诗坛使用多年，广大诗人词家已很熟悉，为什么不照搬《诗韵新编》，还要另起炉灶，公布新韵呢？

《诗韵新编》是当前诗坛使用最广、影响最大的一本韵书，但它初编完成较早，也有某些不完善或不足之处。仅举几例如下：

《诗韵新编》的不足之处主要表现在：①注音有不规范处。有些字没有按照普通话的读音来注音；②选字有不规范处。收了一些已经取消或合并的异体字；③排列有不恰当处。如把入声字单独排列于四声之后，好像又出了"第五声"。这说明，由于历史的原因，《诗韵新编》在诗韵改革方面是不彻底的。因此，我们必须在《诗韵新编》的基础上，继续前进，一步到位，建立彻底的新韵系统。

2. 为什么不照搬《十三辙》呢？

《十三辙》的韵部划分已经很接近普通话，但由于语言的发展变化，普通话的发音与《十三辙》形成的时代的发音，仍有一些不同之处。如"支"与"齐"是同韵的，这在京剧的唱腔和道白中都可以听得出来。但在普通话中，他们的区别已经很明显了，必须分成两个韵部。因此，照搬《十三辙》也是不科学的。

3. 既然新韵以《新华字典》的注音为依据，按照《新华字典》来写诗就可以了，为什么还要编写韵书呢？

《新华字典》是字典，不是韵书。它按拉丁字母的顺序编排，因而基本上是按声母编排，而不是按韵母编排的。《新华字典》只解决读音问题，不解决韵部问题。依其读音押韵固无不可，但是，很不方便。因此，它起不了韵书的作用。用它作为韵书使用，显然不当。

4. 所谓"同身同韵"到底是怎么回事呢？

《汉语拼音》的韵母可分为韵头、韵腹、韵尾三个部分。韵母中的主元音 a、e、o 称为韵腹，它是韵母发音的主部。韵腹前面的部分，即 i、u、ü，称为韵头，后面的部分，即 o、i、u、n、ng 等，称为韵尾；韵腹和韵尾合称韵身。有的韵母没有韵头，只有韵身。有的韵母没有韵尾，韵腹即是韵身。

显然，韵身相同的字，发音的主部相同且取同一收势，读起来是和谐统一的，因而是押韵的。

所谓"同身同韵"，即是将韵身相同的字，归于同一韵部。这样就使音韵划分有了明确的可操作的标准和尺度，从而使其建立在科学的基础之上。这里所谓的"同身"，是指从诗韵的角度来考察的，是一个实用性的标准，用《注音字母》注音，韵头称为介母，没有韵尾，韵母即是韵身。韵母相同，自然同韵，"同身同韵"就理所当然了。

5. 为什么 e、o 可以同韵呢？

诗韵是一个实用性的工具，不是纯理论的思辨。从诗韵的角度来看，e 与 o 虽然不是同一个韵母，但它们发音的区别，主要是依赖于声母，当其与 b、p，m、f 相拼时，即发 o 音，与其他声母相拼时，即发 e 音。它两个其实是同一个韵母，只是与不同的声母相拼时，才造成了读音的微小差别。《平水韵》同归五歌，《十三辙》同入"梭波"，说明古时差别更小。《注音字母》中用ㄛ、ㄜ表示，采用两个形近的字母，反映了读音的实际情况。因此，作为诗韵，把 e、o 归入同一韵部，符合"同身同韵"所反映的实际情况。

6. 为什么 ie、ue 的韵身不是 e，因而不与 e 同韵呢？

我们所说的"同身同韵"，是以字的实际读音为依据的。《汉语拼音方案》为了简便，对个别字母的使用做了调整。比如，ie、ue 中的韵身 e，实际应是 ê，即《注音字母》中的ㄝ，为了简便，以 e 代之。普通话中没有（iê、üê）的发音，以 e 代 ê，不会发生混淆，注音时简便了，划韵时却增加了一层假面具。必须抛开假面具，按照其实际读音划韵，因此 ie、üe 的实际韵身不是 e，而是 ê，因而不能与 e 同韵，而应自成一韵。《平水韵》中，此二韵杂列于九佳六麻，《十三辙》始辟乜斜，反映出诗界已经注意到读音发展分化的实际情况。

7. 为什么 eng、ong 可以同韵呢？

韵母 ong 的使用，只是《汉语拼音方案》的特殊处理。从音韵学角度上讲，ong、iong 的韵腹都不是 o，而是 e，即应为 ueng、üeng，其韵身都是 eng。《汉语拼音方案》中还有一个韵母 ueng，与 ong 同音，可见 ong 与 ueng 是等效的。在《注音字母》中，ong、iong 即为ㄨㄥ、ㄩㄥ。介母不同，韵母同为ㄥ，其与 eng 同身同韵的状况，更是一目了然。《平水韵》分为一东二冬八庚九青十蒸，至《十三辙》统归中东，反映出古人逐渐认识到了它们的同韵状况。

8. 为什么"文、庚"不能通押呢？

古人多有 en、eng 通押现象，多见于词。现在有些地方方言中，仍有 en、eng 不分的现象，即是古音的残留。普通话中，它们的读音差别已经非常明显，不能通押。且新韵只有十几个韵部，字量大，余地大，用韵再无放宽的必要。因此，不论从"同身同韵"的标准来说，还是从具体操作的尺度来说，这两个韵部都不应再通押。

9. 为什么"寒、文"不再同韵呢？

这两个韵母的字，有一部分在古代读音是相同或相近的，因而《平水韵》同一个韵部中，包含了普通话中 an、en 两个韵母的字，这就是所谓的"该死十三元"。现在有些地方方言中还保留着这种读音，但普通话中已明显地区别出来了。这两个韵母虽然都以鼻音 n 做为韵尾，但做为韵腹的主元音不同，因而韵身不同。按照"同身同韵"的标准，不应同韵。

10. 为什么"ü、i"同韵,而不是"ü、u"同韵呢?

在《平水韵》《词林正韵》里,"ü、u"同韵。到《十三辙》,ü始入"衣期",反映出语音的发展变化。普通话里ü与u、ü与i的发音都有同有异。ü与u相较,口型差别小而舌位差别大;ü与i相较,口型差别大而舌位差别小。对语音的收结而言,舌位比口型的影响大。故作为诗韵的划分,ü与i同韵更合理一些。

11. 既然普通话里已没有入声,新韵又是"只分平仄,不辨入声",为什么还要把原来的入声字单列出来?

如果单从新韵考虑,确实不必要把原入声字单列出来。但是,我们的方针是"倡今知古,双轨并行",入声是旧韵最明显的特征,入声单列出来,可以对大家"知古"起到一定的帮助作用。另外,作者在使用旧韵进行诗词创作时,也可以起到一定的参考作用。入声字分别列在每个声调之后,不会发生混淆,也不会造成"第五声"的误会。

以上几个具体问题的说明,是我们在编订《中华新韵(十四韵)》时的一些思考,公诸同道,以帮助大家更好地理解和掌握《中华新韵(十四韵)》。《中华新韵(十四韵)》是一本适用于旧体诗也适用于新体诗,以及戏曲、曲艺、唱词等一切韵文写作的声韵体系。大家在创作过程中,还会出现一些具体问题,我们将继续和大家交流切磋,以使新韵更加深入人心,孕育出大批的诗词精品。

《中华新韵(十四韵)》发表以后,编辑部收到了大量读者来信和电话,对新韵的使用还存在一些疑点,要求派人前往授课,进行讲解和辅导,或者举办新韵培训班,帮助大家更好地了解、掌握和使用新韵。因此,本文拟对《中华新韵（十四韵）》使用中的几个具体问题，谈谈我们的看法，与广大读者进行交流。

1. 什么是"倡今知古"？怎样理解"双轨并行"呢？

创作旧体诗，提倡使用新韵，但应熟知旧韵，如《平水韵》《词林正韵》等。只有熟知旧韵，才能更好地继承古典诗词的优秀传统，才能更好地使用新韵进行创作。但在诗词创作中，我们还是提倡使用新韵，大力推进诗韵改革，这就是"倡今知古"的含义。作中既可使用新韵，又可使用旧韵，完全尊重创作的自由，这就是"双轨并行"的含义。

2. 既然是"双轨并行"为什么在同一首诗中，对于新旧韵的不同部分不得混用呢？

所谓"双轨并行"是对整个诗坛而言，是对诗人的整个创作而言，不是对一首诗而言，在同一首诗中，不能实行"一诗两制"。在同一首诗中，对于新旧韵的不同部分不得混用，主要是出于平仄格律和诗韵的要求。如果一首诗中新旧韵混用，对于新旧韵归属相同的字，如"花"字，并无影响；但对于新旧韵归属不同的字，如"八"，"发"等入派平声的字，就可能出现按新韵读有不合律不押韵之处、按旧韵读也有不合不押的现象。对同一首诗，我们不能要求读者，这句按照新韵去读、那句按照旧韵去读，这无论对于创作和欣赏来说，都是不合理的。因此，同一首诗作中，要么按新声韵，要么按旧声韵，不能新旧混用。

3. 既然是"双轨并行"为什么使用新韵的诗作，还应加以注明呢？这不是等于把新韵"入另册"了吗？

使用新韵的诗作，一般应加以注明，主要是为了便于编者审稿、便于读者欣赏。当前，新韵处于初兴阶段，用新韵创作的诗词作品，在数量上还是少数。就本刊收到的自然来稿而言，新韵作品占的比率不足10%。这说明，大多数人还是习惯于用旧韵创作和欣赏，编辑也还是习惯于按旧韵审改稿件。如果标明新韵，编辑和读者就能立即转变思路，按新韵去审稿、去欣赏，避免了一些不必要的误解和时间上的浪费。

当然，这只是新韵初兴阶段的临时措施。将来，新韵作品可能在数量上超过旧韵作品，占了大多数，大多数人已经习惯于用新韵创作和欣赏，编辑也已习惯于按新韵审改稿件。那时候，可能旧韵的作品反而需要注明了。

4. 什么叫"音随义定、韵依音归"呢？

对于多音字，在使用时，根据该字在句子中的具体含义确定其读音，这就是"音随义定"的含义。其读音确定以后，就可以根据读音确定其韵部和平仄，这就是"韵依音归"的含义。

5. 什么叫"今不妨古"？怎样理解"宽不碍严"呢？

一般来说，新韵比旧韵要宽泛，且字量大，这对于繁荣诗词创作应该是有促进作用的。有人认为，有了新韵，旧韵就该淘汰了，这是不切实际的想法。我们的方针是新韵旧韵"双轨并行"，我们提倡新韵，还有一个原因，就是新韵还处于新兴的阶段，还未在诗坛形成波澜壮阔的局面，所以要大声疾呼地提倡它、发展它。至于旧韵，几百年来已经被诗坛普遍接受，用不着再特意去提倡了。我们提倡新韵，并不妨碍继续使用旧韵，按照"双轨并行"的方针，仍可以继续使用旧韵进行诗词创作，这就是"今不妨古"的原则。

即使使用新韵，也可以使用比《中华新韵》更严、更细的韵目，比如"o、e"分韵、"i、ü"分韵、"eng、ong"分韵、"er"列单韵等。在《中华新韵（十四韵）》的韵部中分出更细的韵目，并不违反新韵，也不影响新韵的实行，这就是"宽不碍严"的原则。

6. 新韵比旧韵宽泛得多，使用新韵后，平仄格律是否也比原来放宽了呢？

诗韵改革不是格律改革，改的是字的韵部归属，不是格律。"韵"虽宽了，"律"仍不变。使用新韵进行诗词创作时，原来的平仄、押韵的格律一点也没有变化，只是应该按照新韵来确定字的平仄和韵部归属。至于格律要不要改革及如何改革，那是另一个问题，与诗韵改革不属于同一个问题了。

7. 使用新韵作诗，是否只要韵脚按照新韵就可以了呢？

《中华新韵（十四韵）》不但确定了字的韵部归属，同时也确定了字的平仄，新韵实际上是"新声韵"是一个完整的声韵体系。使用新韵进行诗词创作，不但韵脚要符合新韵，平仄格律也应该按照新韵来使用。按照格律，该押韵的字，要押新韵的韵部；该用平声字的，要用新韵的平声字；该用仄声字的，要用新韵的仄声字。如果只是韵脚使用新韵，而其他地方仍用旧韵，比如说，仍把已读平声的原入声字做平声使用，这是不符合新韵的要求的。

8. 普通话实际说话中，存在大量"变音"现象，是否应该按照"变音"来划分声调呢？使用新韵时如何处理"变音"呢？

"变音"现象是在实际语言环境中发生的，不是一个字正式的、标准的读音。而诗词是属于高雅艺术，使用的是书面语言，不使用口语。因此，语言中的"变音"现象，不属于诗词用韵、诗词格律的范畴。《中华新韵（十四韵）》依据字的、标准读音，不可能也不必要涵盖普通话中的"变音"现象。诗词不是民间文学，不是通俗文艺，不同于歌谣、快板书、顺口溜之类的文学形式。

9. 怎样理解《韵部表》和《常用字简表》的关系呢？

《韵部表》列出了韵部划分，《常用字简表》列出了大部分常用字。新韵的依据是普通话和汉语拼音，这在全国从小学就已经进行了普遍的深入的教育，一般来说，人们已经知道了一个字的读音，知道了这个字的韵母，只要熟悉了《韵部表》，就可以顺利地确定这个字的韵部，不需要再去查《常用字简表》。这也是新韵比旧韵更方便、更简捷之处。如果不知道这个字的读音，只须先查《新华字典》，然后按照《韵部表》确定这个字的韵部，也是很简便的。

通过以上分析，我们可以看出新韵有以下3个明显的特点或者说是方便之处：一、符合语言实际，怎么说就怎么写；二、韵部宽泛，易于掌握；三、使用方便、简捷。

以上几个具体问题，都是读者来信、来电话中提到的。我们在此做一简要说明，以期对广大读者、诗词爱好者理解、掌握和使用新韵时有所帮助。大家在创作过程中，还会出现一些具体问题，我们继续和大家交流切磋，使新韵更加深入人心，涌现出大批诗词精品，对繁荣诗坛真正起到促进作用。

二〇〇四年六月一日

（本文最初连载发表于《中华诗词》杂志2004年第8、9、10期）

【附录七】

人生风景入诗行

——《云泥诗苔》序

  人生如旅,造物所赐,大千世界,任我徜徉。赏景于目,荡情于心,交游际遇,皆成景色。诗者,托之景而寓之情、言乎事而述志者也。陈君文韶,诗心独具,于人生旅途之中,发其性灵,采其神韵,而为之诗,而成《云泥诗苔》之卷,此诚可喜复可贺也。

  陈君阅历甚广,游踪颇丰,神州大地,遍及南北,海外异域,亦有涉猎。加之曾经劫乱,饱览沧桑,为仁为智,皆有独到之境界,见之于诗,真情涌动,佳句迭出。读其诗如从其游,其中景物际遇,栩栩如亲历。至赏心悦目处,为之击节;至感怀动情处,为之扼腕。此陈诗之可贵处也。

  人生而能为之诗,不虚此生也;为之诗而不自赏,公之于卷轶,飨之以世人,不虚此诗也。望其复有大作面世,陈君勉乎哉!

  是为序。

二〇〇四年十一月二十日。

【附录八】

细参妙谛 动人心弦

—— 读刘征新作《定风波》

每读刘征老的诗,都能读到一种对心路的参悟。这种参悟,即得妙谛,却无止境;层层深入,如探骊宫。每一首诗,都是一个新的层面,一个新的境界。近读新作《定风波·玉龙山望云》,这种感触更加深刻。词的全文如下:

定风波·玉龙山望云

乍雨还晴煞费猜,玉龙一半着云埋。也解云流无定住,飘去,却疑山动欲飞来。　　雨散天青山自碧,满地,金黄靛紫野花开。自笑捕诗如捕蝶,奇绝,不知是叟是童孩。

这是一首写玉龙雪山的词。玉龙雪山在云南丽江,是全国著名旅游胜地,游客多矣。写玉龙雪山的诗,汗牛充栋。写山,写雪,状其高峻,赞其雄伟,赏其冰清玉洁,仰其孤标傲世，可谓"前人之述备矣"。诗人却效范文公"然则"之笔，另辟蹊径，别开洞天，只写它的云，只写它云遮云开的霎那间。于是乎云雨、云遮、云移、云散，天青、山碧、野花、彩蝶，次第登场，真可谓移句换景，令人目不暇接。这云，是玉龙雪山特有的云。只有玉龙雪山的云，才具有这种云雨捉摸不定、阴晴瞬间变幻的景象。诗人通过细致入微的观察和体验，捕捉住了这种特有的景象，是因为诗人对人生的细致入微的参悟和体验。两种体验互相渗透，互为表里，随着"移句换景"同时展开，如影随形，同步并行。

"乍雨还晴煞费猜"，使人自然而然地想起"东边日出西边雨，道是无晴却有晴"的千古名句。人生的"气候"，不更是"乍雨还晴煞费猜"么？半个多世纪的人生体验，不知不觉中一语道出，浑若无心，实为与眼前之景结合得太巧妙之故。

"玉龙一半着云埋"，山被云埋，人呢？人生的苦难、挫折、失败，不都是埋山的云么？

"也解云流无定住，飘去，却疑山动欲飞来"，使人想起敦煌曲子词《浣溪沙》："满眼风波多闪烁，看山恰似走来迎，仔细看山山不动，是船行。"云迅速移开，山迅速显露出来，越来越清除，露出的部分越来越多，一刹那，云散无踪，擎天雪山矗立在眼前。这个过程如果缓慢发生，人们对云与山的关系还不致产生错觉。如果发生在扭头转瞬之间，那感觉真的就像雪山突破云封雾罩，径直飞到了人的面前，令人突然仰视这擎天巨峰而瞠目结舌。细思量，这不止是写山，分明是在写人，是在写久经狂风骤雨、历尽尘世沧桑的人生！

"雨散天青山自碧，满地，金黄靛紫野花开。"上面写雨散云开的过程，下面便是写雨散云开后的景象。这正是人生经历过风雨洗礼后，所参悟到的新境界，一片春光明媚、山花烂漫的新天地。

"自笑捕诗如捕蝶"，参悟并无止境，境界还要继续升华。"捕诗"是怎么样"如捕蝶"的呢？如其自在悠闲？如其快乐有趣？如其放浪形骸？如其像小猫捕蝶一样，"不专心致志则不得也"？还是兼而有之？噢，对了，应该是童心，是纯真的童心！老子说，返朴归真，复归于婴儿，这大概是人生的最高境界了吧？

"奇绝，不知是叟是童孩。"是蝴蝶化作了庄周，还是庄周化作了蝴蝶？是捕诗的老叟，还是捕蝶的孩童？天人合一，物我合一，这才是人生最后的归宿、真正的妙谛。我们终于见到了这只"其翼如垂天之云"的大蝴蝶——诗的灵魂，也即是诗人选择"云"这个物象的真正的动机。前面说的"两个体验"，双行双止，水乳交融，"一双两好缠绵久，百转千回缱绻多"（聂绀弩），融合胶结得是如此之巧妙，如此之浑然天成，宛如羚羊挂角，飞鸿踏雪。诗人的参悟，已臻化境。

读诗至此才恍然大悟，词牌名《定风波》，人生的风波，尘世的风波，因"老叟捕诗，孩童捕蝶"而尘埃落定。充满心境的是"云雨、云遮、云移、云散，天青、山碧、野花、彩蝶"的心灵的大千世界。得睹"大蝴蝶"的风采，便觉"不知有汉，无论魏晋"，跟着诗人"捕蝶"去了。

至此，另一位哲人不邀而至闯入我的思路，那就是苏轼苏东坡。他向我们展示他的一首《定风波》："莫听穿林打叶声，何妨吟啸且徐行。竹杖芒鞋轻胜马，谁怕？一蓑烟雨任平生。　　料峭春风吹酒醒，微冷，山头斜照却相迎。回首向来潇洒处，归去，也无风雨也无晴。"高韵既出，谁人续其弦响？岳飞做得了英雄，做不得哲人。他是弄潮儿，喜欢《满江红》，不会去写《定风波》，最后收留他的，便是"风波"之亭。检点词坛，能与苏东坡这首《定风波》"华山论剑"的，当首推刘老这首《定风波》了。比较这两首词可以看出，两首词，如双峰相耸峙，如双璧相辉映，此唱彼和，互相烛照。论其诗艺，伯仲之间；论其境界，苏词流露出消极被动，刘词体现出积极主动（试比较"一蓑烟雨任平生"与"却疑山动欲飞来"）；苏词重在豁达放浪，旨入于庄，刘词重在参悟升华，旨更近老（试比较"回首向来潇洒处"与"自笑捕诗如捕蝶"）。观其结句"也无风雨也无晴"与"不知是叟是童孩"可以看出，二者还是殊途同归的。二者心有灵犀，用《定风波》推杯换盏，谈诗论道。我作为旁听者，只顾欣赏云锦天章，浑不知斧柯已烂。

　　刘老诗成，即书条幅赠我。我既先睹为快，又诗墨兼得，幸何如哉！刘老的诗，无绮词，无壮语，素面如月，娓娓道来。但每读一遍，总觉得心神为之震荡。读得遍数多了，慢慢悟到了其中些许，那便是诗人把自己对人生的细致入微的参悟和体验，融于自己对自然景物的细致入微的观察和体验之中。这两种体验一融合，便形成一种"天人合一、物我交融"的诗境。这既是诗力，又是学力，又是诗人独到的人格修为。它于潜移默化之中，不动声色地使人受到感染。每与刘老晤谈，如坐春风，如沐霁月。斯人也，乃有斯诗也。

定风波·步韵刘征老《玉龙雪山望云》①

　　白雪蒙头作发猜,盈盈眉眼发中埋。谁拂云裳飘又住?挥去。素裙拖地任风来。　　欲写丹青调紫碧,凭地,亲掀纱帐锦帷开。骇散绕肩群玉蝶,惊绝,瑶池月下一童孩。

【注】

① 玉龙雪山在云南丽江,海拔5596米,孤标耸立,常年积雪。其云忽聚忽散,乍雨乍晴,变幻莫测,蔚为奇观。刘征老有《定风波·玉龙山望云》一阕,颇得其神韵。

二〇〇四年十一月三十日

【附录九】

心泉濯诗 妙语天成

——常永生诗《游敦煌莫高窟》赏析

常君为诗，发于心，兴于情，达于理，终成于境界。摩景状物，皆为心声；起承转合，皆循心路。恰似心泉荡垢，了无纤尘；清词丽句，浑然天成。仅以其近作《游敦煌莫高窟》观之，虽为管中窥豹，亦可见其一斑也。全诗如下：

游敦煌莫高窟

一有心泉濯大荒，便闻九域荡清香。
遥遥洪漠达经纬，湍湍溪流润野芳。
画案千廊人呐叹，鸣沙万古曲悠扬。
洞窟究遍多少迹，谜在绿洲深处藏。

"一有心泉濯大荒"，起句极佳。写敦煌，抓住"心泉"，便抓住了要害，抓住了灵魂，拨开芜杂，直取骊珠，如百万军中，脱手取其上将，此乃诗中之快刀。

"便闻九域荡清香"，佳句。此句承接有力，把敦煌的历史地位和社会作用，一语道破，举重若轻，胜过万千言。

"清香"一词，状写佛法之义理功效，恰到好处，与莘莘佛子心有灵犀，此特"心泉"清香之处。

"遥遥洪漠达经纬"，继续以敦煌之景物发挥之。此处之"经纬"，非指典籍之尊崇，非指地理指南北东西，而是指人心之善恶。戒恶扬善，渡众生出苦海，此佛家之要旨。播佛音于人间，救众生于迷途，此真正之经天纬地之大业，殊胜辉煌之壮举。敦煌与此，实有殊功焉。此诚乃其香火千年不衰之主因。

"湍湍溪流润野芳"，此句继续生发。"润野芳"者何？溪流也；莫高窟前，有溪流焉，滋润两岸，树草葱郁。诗句于实有据，非为虚构。诗之寓意，野芳者，乙田也；溪流者，心泉之源流也。紧扣心泉，生发开去，颇得转折之要诀。

"画案千廊人呐叹"，此句由外而及内，转述窟内之景物。窟内壁画，绝世之瑰宝，游人如历画廊，心有所悟，无不慨叹。所叹者何？艺术欤？人生欤？拟或尘世之沧桑欤？读者各循心迹，自求所以，不予说破，留下无限想象空间。此亦诗家上乘心法。

"鸣沙万古曲悠扬"。佳句。此句又由内而外，广扩深拓，使诗之意境层楼更上。敦煌附近之鸣沙山、月牙泉，自然之奇观。以此陪衬、烘托，作为文化奇观的敦煌，在读者心中的形象就更加鲜明生动。"曲"者何？鸣沙之声欤？敦煌之佛音欤？古人云："铁笛无声，知音者如雷贯耳"，游人所以荡气回肠、振聋发聩者，其心自明矣！

"洞窟究遍多少迹，谜在绿洲深处藏。"游览完毕，嘎然收结。绿洲者何？人心也，心泉也。所思所悟，融入心泉，将整个敦煌装在了心里。敦煌之行，得其所哉！一个"谜"字，不予说破，意在读者自悟，"引而不发，跃如也。"

综观全诗，以心泉为脉络，步步深入，层层进逼，环环相扣，且舒卷自如，开合有序。读后如饮佳酿，品甘果，心泉奔涌，其回味有无穷者。近世多兴靡靡之音，灯红酒绿，时人趋之若鹜焉。常君游敦煌，以诗为铎，宣佛音，宏善念，知音者闻之，心泉为之豁然顿开矣。视其诗，真如娇荷之亭亭玉立，出污泥而不染者也。试较之歌功颂德粉饰太平之浮词、吟花弄月无病呻吟之虚语，心泉之声，其黄钟大吕乎？语曰："启人善念，功莫大焉"，此其常君之谓欤！

然细推诗中词句，尚有瑕疵可寻。兹本其原意，略加整饬疏通，虽非尽善，聊为千虑之一得，庶几不负点评赏析之名耳。录于后。

游敦煌莫高窟

一自心泉濯大荒，便闻九域荡清香。
无边瀚海明经纬，有意溪流润野芳。
画幅千廊人慨叹，鸣沙万古曲悠扬。
游人归去频回首，谜在绿洲深处藏。

常君之诗，颇多高妙。本文择其一而言之，未可一言以蔽之也。读者诸君，见仁见智，当各自另有阐发，非一人之力所能及之，况我之才疏学浅者乎？

二〇〇四年十一月三十日

【附录十】

我思文廉

　　我对文廉，久慕其名，久未谋面。中华诗词学会副会长、《中华诗词》杂志主编杨金亭先生曾把他的《柳笛集》送我，并颇多褒词。我读后也受益匪浅，感佩有加。2003年春夏之交，文廉从北京回徐州，不再担任《中华诗词》杂志编辑部主任，稍后，我来接替他此职。文廉一直在徐州，没有机会和我进行工作的交接，虽然我是他的后任，却没能和他见上一面。我接替了他的工作，萧规曹随，也还顺利，觉得他前一段打下了很好的基础，心里对他多有谢意。

　　2004年春末，得知文廉在解放军301医院住院做手术，殊感惊诧，便带了编辑刘宝安前往医院看望他。我们的第一次见面，竟是在医院里。虽是第一次见面，却一见如故。文廉小我两岁，我得以弟视之。他精神旺盛，谈锋甚健，大有相见恨晚之慨，完全不像一个重病术后之人。我也暗自庆幸，以为天佑仁人，或可脱此一劫，并以"大难之后，必有后福"祝他。临别，文廉不顾劝阻，坚持送我至电梯口，目光依依，挥手频频，相约来日推杯换盏，促膝长谈。孰料这第一次见面，竟成永诀！

　　2004年6月，《中华诗词》杂志在第8期"吟坛百家"专栏刊发了张文廉的23首诗，向诗坛推介这位田园诗人。

我在编辑他的作品时,一边看他的诗稿,一边想着他的为人,一边想着他的病情,希望他尽快康复,为我们写出更多的好诗来。

2004年12月17日夜,突接文廉从徐州打来的电话,祝贺我当选中华诗词学会副会长。我听他声音有些嘶哑,气力大不如从前。问及近况,他说偶患感冒,嗓子不好而已。这是文廉和我最后一次通电话,离他去世只有十七天。放下电话后,我的心情非常沉重,一种不祥的阴影悄悄的笼罩了我的心,同时也企盼着奇迹会在他身上出现,心中暗想:文廉!文廉!坚持住啊!

2005年1月5日上午,我接到中华诗词学会秘书长王德虎的电话,告诉我张文廉于1月3日逝世。我立即向杨金亭、张结二位主编报告此事,征得他们的同意,我以《中华诗词》杂志副主编的名义,打电话给徐州市铜山新区文体局局长,请他向文廉的家属及子女转达沉痛的哀悼,同时发去唁电,寄去抚恤金,并以杂志社的名义献了花圈。

文廉走了。他留下了诗作,留下了思念。诗人们长歌当哭,纷纷写诗悼念他。我挑选几首,记在这里,就算代表爱好文廉诗作的诗友们,向文廉告别。

星汉的《哭文廉兄》写道:

> 犹记儋州万里行,笑声遥伴满天星。
> 一支健笔连心赤,四海诗朋送眼青。
> 已失乡风谈往事,尚留柳笛慰同龄。
> 年年飞雪阳关外,知是长吟不肯停。

星汉是中华诗词学会副会长、新疆师范大学中文系主任、教授。他的诗悲歌慷慨，如扣黄钟大吕，轰然有天籁之鸣。他的诗发表在《中华诗词》2005 年第 2 期。

李书贵的《金缕曲·悼文廉》是这样写的：

忽落垂垂雪。不堪闻、柳笛声碎，广陵弦绝。伫立南窗遥望久，载去一怀明月。凭驰骤、天高云阔。底事匆匆轻易别？问沧冥、冷面浑如铁。思量处，霜花结。　　从来天意难评说。聚浮萍、同呼共唤，杜鹃啼血。大计萦怀犹在耳，问讯殷殷情切。鹏正举、清歌未彻。坐对青峰千万叠，弄高山流水冰丝咽。谁解听，焦琴裂？

李书贵现在中华诗词学会培训中心工作，在文廉担任《中华诗词》编辑部主任期间，他当过编辑。二人曾经共事，感情自深。他的诗沉郁顿错，读后令人哀肠九转，一唱三叹。他的诗发表在《中华诗词》2005 年第 2 期。

梁玉芳是国家干部，在广东省河源市国税局工作，与文廉多年诗交，每有唱和。她的《悼张文廉吟兄》以入声为韵，如奏变徵之弦，读之有撕心裂肺之哀痛，可见二人诗谊之深。她的诗发表在《中华诗词》2005 年第 6 期，其诗曰：

五十弦哀难系日，彭城岁暮寒云积。
伤心雪岭落梅花，去魄黄泉横柳笛。
一盏青灯小豆红，三秋白鹤高天碧。
椰林莫唤海风来，翻起诗书犹历历。

《中华诗词》编辑刘宝安，在文廉担任编辑部主任期间，一直和他一起工作。二人可以说是同甘共苦，相濡以沫。当我告诉他文廉逝世的噩耗时，宝安失声痛哭，泣不成声。所有在场的人，见此情景，无不为之动容。哀伤至所极，下笔却无言，以至我让他写一首悼诗，却直到今天才写出来。他的《悼文廉吟兄》写道：

> 时值萌新绿，乡风好荷锄。
> 笛声闻折柳，剪影对名儒。
> 旋以铜川笔，堪为苹域书。
> 斯人乘鹤去，挥泪忆吟初。

【注】
文廉有《乡风集》《柳笛集》《诗人剪影》等诗集传世。

通过诗人们怀念的诗作，可以看出文廉为人为诗的境界。人们喜欢他的人，喜欢他的诗，真诚地追悼他，怀念他。作为一个诗人，斯亦足矣！文廉在天之灵，应无憾矣！

我和文廉的交往，在他诸多诗友中，算是非常平淡的。古人说，君子之交淡如水，平淡，也可以说是一种境界了。我写的《悼文廉》，就算这篇小序的结尾吧：

> 未言保重泪先潸，犹忆西郊一面缘。
> 东海蓬莱何日到？故乡魂梦几时圆？
> 晓园月下鸣精卫，兵马司前啼杜鹃。
> 鹤背逍遥吹柳笛，声声响彻碧云天。

晓园，指文廉居住的居民小区"晓月园"；兵马司，《中华诗词》编辑部所在地，是文廉曾经工作过的地方，也就是我现在写这篇序言的地方。文廉骑鹤而去，把他的心留在了他的故乡，留在了他的诗集里。他的《乡风集》《柳笛集》，他的《诗人剪影》，就是他悠扬的笛声，永远在诗坛，在神州大地回响。

　　文廉的诗集《诗人剪影》就要出版了，借这个机会，把我和文廉的交往，谨记于斯，以纪念我和文廉的友谊，以告慰文廉在天之灵。至于他的诗作，早已像一座丰碑，屹立在人们的心目中。打开书本，读者自会读之、评之。吾复何言哉！

二〇〇五年六月二十六日

【附录十一】

我和臧老的一段交往

我第一次知道臧老的名字，是在《诗刊》上。记得是六十年代初期，《诗刊》发表了毛泽东的诗词，同时发表了毛泽东给臧克家的信。在此前后，我还读过臧老的一首诗，大意是："我是一个两面派，新诗旧诗我都爱。旧诗不厌百回读，新诗洪流声彭湃。"作为一个中学生，在我的心目中，臧克家是大诗人，是直接和毛泽东来往的大人物。根本没想到，三十多年后，我还能和这样的大人物有书信来往。

1994年8月15日，臧老在《光明日报》发表了一篇文章，题目是《有感于改诗》，主要内容是对诗的"情"与"格"的关系问题，进行探讨，明确地提出了"格固应合，情不能移"的主张，文末以一首诗作为结尾："无意修正果，倾心野狐禅。情动绳墨外，笔端起波澜。"

读了臧老的诗，我心里有些想法。当时我还在部队搞技术工作，充其量只是个诗词爱好者，对诗坛的情况茫然无所知，也曾比着葫芦画瓢地写过一些自己认为是诗的东西，对臧老的文章和诗，也没有真正理解。便写了一篇短文，题目是《莫将正果作野禅》，对臧老文末的诗，提出了不同的意见。

我在短文中认为，臧老的诗没有完全体现其文章的思想，臧老文章中提出的"格固应合，情不能移"的主张，应该是诗史的主线，是诗界的正果。不应该把它当作"野狐禅"，而是应当理直气壮地坚持这个"正果"。诗的第三句"情动绳墨外"，容易被人误解为，要想动情，就必须得在绳墨之"外"，绳墨之"内"是不能动情的。从诗史的主线或正果的角度来看，"情动绳墨外"是可以的，"情动绳墨内"也是可以的。绳墨内外皆有情！这才能和文章中提出的"格固应合，情不能移"相吻合。我在短文的结尾也附了一首小诗："风骚源薮是真传，正果岂能作野禅。未可有情分内外，操持绳墨系婵娟！"

这篇短文于 1994 年 9 月 4 日寄给了光明日报。出乎意料的是，光明日报将这篇短文转给了臧老本人，10 月 25 日臧老亲笔给我写了第一封回信。

这封回信篇幅较长，约 1400 字，内容大体分为五个部分。第一部分，臧老对自己的诗的意思，做了逐句的解释，讲了著名的"三新"理论；第二部分，对当代旧体诗人刘征、丁芒、程光锐、公木、李汝伦等人的诗，表示赞赏；第三部分，对于旧体诗的改革提出了自己的主张；第四部分，对我的信谈了一些看法。臧老说："你的'莫将正果作野禅'，对我的原'四句'的原意，了解的不同。看了你的诗与信，你对古典诗歌修养颇深。"并且说："你的诗作，是否想发表？如想，我可以设法介绍。"

读了臧老的回信，我受到很大的鼓舞，臧老说可以介绍我的作品，于是，10 月底，我挑选了自己论诗的文章和诗词，以及自己的诗集，一起寄给了臧老。又一次出乎我的意料，11 月 8 日，臧老又亲笔给我写了第二封回信。

第二封回信约 800 字，主要内容有三部分，第一部分介绍了自己的身体情况，第二部分，主要说了对我的诗稿推荐介绍的处理意见，第三部分，介绍我向杨金亭老师学习请教。臧老说："杨金亭同志是诗刊同事，我的好友，经常通信，他对旧体诗内行，曾发表了《论我的旧体诗》一文，近六千言。"

读了臧老两封回信，我觉得不能让臧老失望。特别是第一次听到"三新"理论，颇感新鲜，于是我写了一篇长文，题目为"三新理论与旧体诗词改革——读臧克家同志的两封信"，寄给了臧老。（这篇文章曾在一些诗词刊物上发表）我觉得，臧老的两封信系亲笔写来，可能未留底稿，而且，信中的观点，对于诗坛有明显的指导意义。因此，我将两封信输入电脑，打印出来，寄给了臧老，并请求他发表出来。后来，郑曼老师给我来信，说这两封信不宜发表。

臧老在两封信中都谈到了他的身体状况，他说："我年已九十，体弱神衰，百事萦怀，终天头晕。""我身体不好（"心律严重不齐"有时"心颤"，每天卧床达 7 小时之久，一般不会客，不回信，家人监督甚严），来客、来信、来书，每日必有，有时甚多，精神压力甚重！"鉴于臧老年事已高，身体状况又是如此，我觉得确实不便再打扰他了。能得到臧老的两封亲笔信和郑曼老师的亲笔信，对于一个诗词爱好者来说，已经是非常意料之外的事，怎能再得陇望蜀，继续给老人添麻烦呢？于是，我就不再给臧老写信了。

2004 年，我已经在《中华诗词》杂志担任副主编，几次想去探望臧老，但知道他的身体状况，终未成行。2 月 6 日，突然传来了臧老逝世的噩耗，杂志社同仁十分悲痛，当时第 2 期的刊物已经编定正要付印，为了表示哀悼，我们立即紧急调整版面，在封二上刊登了臧老的遗像，并配上周笃文老师撰写的挽联和刘征老从新西兰电传来的悼诗，以纪念这位坛的老前辈。紧接着，在第 3 期上开辟"悼念臧老"专栏，编发了李元洛、刘章悼念臧老的两篇文章，同时在"诗人书简"专栏编发了贺敬之、柯岩关于臧老的两封书信。2004 年第 11 期，又开辟"纪念臧老"专栏，发表了郑曼老师的长文《哭克家》。第 12 期又在封底彩页刊发了中华诗词学会常务副会长郑伯农和郑曼老师在臧老墓碑前的照片，墓碑上刻着郑伯农副会长悼念臧老的诗句。今年第 2 期，发表了杨金亭老师《臧克家大师与中华诗词文化复兴》，这是一篇全面论述臧老对诗词事业贡献的长篇论文。今年第 10 期又开辟"纪念臧老克家百年诞辰"专栏，发表了刘征《臧老谈三友》、聂索《三友的诗品与人品》、高洪波《克家先生二三事》、白婉清《深切缅怀臧克家同志》等 4 篇文章。今天，《中华诗词》杂志社又和中华诗词学会一起举办纪念臧老诞辰 100 周年的座谈会。所有这些，都是对臧老悼念、纪念活动的一部分，我能够有幸参与其中，也表达了我对臧老的一点心意。

　　臧老给我写信，是付出了极大的心血和艰苦的劳动。他在信中说："我几乎每天收到多种著作，连翻阅时间也无，力不及也！信写得草草，请谅！这已经费了我大力量，搁下笔即须卧床休息了。"一位九十高龄的老人，为了一个素不相识的诗词爱好者，不惮病体，不辞辛劳，这种精神，真是令人感动。臧老在信中介绍我向杨金亭老师学习，1994 年我向杨老师学了一年函授，后来寄过几次诗求教，使我在写诗方面得到了很大的提高。但由于工作的关系，我并未能继续更好地学习，既辜负了臧老的殷切希望，又失去了一个很好的学习机会，至今想起来，真觉得对不起臧老。

在纪念臧老百年诞辰之际，我把与臧老的这一段交往写出来，让臧老的这种精神能够发扬光大，激励后人，永远成为我们学习的好榜样。最后，我以一首小诗，敬献给臧老的在天之灵，也作为这篇短文的结尾：

悼臧老

两封回信忆前贤，为启后生宵不眠。
百岁诞辰今日到，九泉遥寄瓣香篇。

二〇〇五年十月八日

【附录十二】

情思的画卷

——任征《听涛集》序

古人云，动人者情也。诗言志，这里说的志，是广义的，是包括情在内的。读了任征的《听涛集》，使我更加感受到了情的巨大魅力。《听涛集》一脱稿，作者便给我寄来，我奉卷拜读，仿佛展开一幅情思的画卷。诗中民情彭湃，乡情浓烈，友情深沉，令人欣赏不已，不忍释卷。

诗中洋溢的，首先是民情，是作者的爱民之情。作者关心社会，心系百姓，人民的生活，人民的疾苦，成为诗中的主线，诗中的灵魂。也是诗中最感人的地方。例如：

梦中忽报雨如潮，翘首门前任水浇。
玉帝终怀悯农意，秋苗一夜渡星桥。

——《喜雨》（2001年7月）

作者看到下雨，想到的是"悯农"，是"秋苗"，因而，即使"任水浇"，也"翘首门前"喜不自胜。这种"急人民所急，喜人民所喜"的心情，跃然纸上。再看一首：

尽言冰雪寒，偏爱雪中游。
观雪知丰歉，雪香消百愁。

——《雪中行》（2005年2月）

昨夜星娥下瑶天，诗画润山川。寒风悄语，梨花铺地，银蝶蹁跹。　仲冬瑞雪金难换，丰歉系民悬。天从人愿，花盈人脸，雪满桑田。

——《眼儿媚·甲申冬至喜雪》（2004年12月）

看到下雪，作者仍然想到的是年成的"丰歉"，瑞雪兆丰年，所以才喜雪、爱雪、赏雪，才会"天从人愿，花盈人脸"，才会"雪香消百愁"。这种对人民的关爱，体现了诗人崇高的胸怀，这正是诗的格调崇高的原动力。

其次，我们在诗中感受到的，是浓浓的乡情，是缠绵的乡思，是对故乡、故乡的土地、故乡的人民所表现的深沉的爱。例如：

江南花正好，塞外草初黄。
月朗天如水，欣欣梦故乡。

——《中秋夜》（2002中秋节）

> 人道桂花凉似冰，孰知玉兔最痴情。
> 人间多少思乡客，皓月殷殷伴到明。

——《元宵望月》（2003年2月）

在第一首里，作者用"江南""塞北"做为铺垫，更加衬托出思乡之情的浓烈。在第二首里，作者又用"玉兔"的"痴情"作为比喻，来烘托出"人间思乡客"的故乡情结，使乡情更显得浓烈如酒。

古人的思乡诗，只是在"思"字上用力，而作者的乡思之中还饱含着对家乡发展的殷切期望，使人感受到一种蓬勃向上的激昂情怀。这种情怀，大大增强了诗的感染力。这应该是作者对思乡诗的一种发展和开拓。例如：

> 山恋清泉树恋根，故园萦系客游心。
> 香茶半盏浑如醉，美酒三杯欲忘魂。
> 天远常嫌云翅短，地偏倍感友情深。
> 吾曹虽乏补天力，殷望尧乡与日新。

——《隆尧联谊会应嘱即席作》（2001年1月）

第三，作者在诗中表现出来的真挚友情。这种友情，不仅是交往的情谊，而且渗透着对友人的期望、要求和劝勉，充满着互相鼓励、互相促进的"诤友"之情。虽然是友情诗，其中却贯穿着做人、作诗、做官的道理，读起来却使人感到正气凛然，颇受教育。例如：

> 壮岁曾游四海水，老来欣作百家牛。
> 清名但可播青史，九品村官胜侯侯。
>
> ——《为友人画像》（2001年6月）

作者对于不同的朋友，笔触和立意也不同，对于老年朋友，作者是这样写的，我们可以从中看出，作者对老年朋友所作的鼓励和所寄予的期望：

> 怡园聚群英，白发练雄兵。
> 莫道桑榆晚，试听老凤声。
>
> ——《重阳节为老年大学作》（2002年重阳节）

对于少年小朋友，作者是这样写的，我们又可以看出，作者对小朋友的关爱和所提出的要求：

> 少有灵根老更成，达摩犹借十年功。
> 诸君尽望描云笔，莫待金鸡唱五更。
>
> ——《观书展寄书校小朋友》（2003年3月）

据我所知，任征并没有做过教育工作。但他却能因人施教，颇得夫子真传，充分发挥了"诗教"的作用，这真是难能可贵的。

《听涛集》的内容是广泛的，除了民情、乡情、友情之外，还有诸多佳作，一篇小序，难以一一列举，读者自会阅读欣赏。我还想特意提出，其中的写景诗，颇有可读。例如：

秋风乱拂堤前柳，丽日红依镜底花。
流水轻轻传笑语，碧莲深处隐船家。

——《莲舟》（1999年7月）

悠悠山路数花新，乱木遮天满地阴。
飞鸟欲知林外事，莫待金鸡唱五更。

——《祖山行》（2003年9月）

　　这些诗观察入微，视角独到，情景交融，颇得宋诗法范，令人如身临其境，心旷神怡，从中可以看出任征诗艺所达到的成就。

　　我与任征相识，是在2003年9月在北戴河召开的"中华诗词第17届研讨会"上，算来也两年多了。当时读了他的诗，很受感动；看他挥毫泼墨，知他书法也颇有成就。后来，他的诗以及其他邢台诗人的诗，还在《中华诗词》上发表。任征嘱我写序，我就把我的读后感写出来，作为我的一点学习体会，也作为我向广大读者的一个介绍。最后，我以一首小诗，最为这篇短文的结尾：

读《听涛集》有感

把卷凝神仔细听，一涛未息一涛生。
诗人心海真彭湃，滚滚涛声皆是情。

二〇〇五年十月二十日

【附录十三】

两岸诗缘 一瓣心香

——记大陆诗人与台湾诗人马鹤凌先生的一段诗词交往

台湾著名爱国诗人马鹤凌先生是中国国民党主席马英九的父亲，于2005年11月1日逝世。他生前曾担任台湾国际工商文化交流协会理事长，同时又是世界华人和平建设大会主席。马鹤凌先生学养深厚，于诗词、书法均有造诣。他身在台湾，心系华夏，近几年来，与大陆诗人酬唱赠答，频有交往，给祖国诗坛留下了一段佳话。

早在1997年12月，著名诗人、书法家赵焱森（现任中华诗词学会副会长）、林从龙（现任中华诗词学会顾问）、刘麒子（现任中华诗词学会副会长）、曾玉衡等，到马来西亚霹雳州怡保山城出席"全球汉诗第六届研讨会"，在会上结识了马鹤凌先生。赵焱森、林从龙是湖南人，与马先生是同乡。乡音情浓，一见如故。他们同坐主席台，同桌吃饭，多次一起合影留念。赵焱森将自己的一首诗《鼓浪屿望金门岛》赠送给马鹤凌先生：

凭栏远望岛飘悬，海浪心潮何处边？
骨肉两分肝胆照，渔舟一叶水云连。
人明大义仇当解，时到中秋月自圆。
待至河山归一统，金樽十亿饮江天。

马鹤凌先生觉得这首诗可以代表两岸人民的心意，当面相约，请赵焱森把诗写成条幅，日后去台湾参观时带去赠给他。后来，马鹤凌多次邀请赵焱森、林从龙访台，因种种原因，终未成行。

2003年底，林从龙寄信给马，请他书赠墨宝。七天后，林便收到马的回函，寄来了书法条幅，并有绝句三首：

从龙道兄出席大马怡保山城全球汉诗大会，谠论高风，令人肃然起敬。而乡音不改，更见纯真，爰一见如故，七年来鱼雁常通。今复函嘱书赠短轴，悬之书斋，俾朝夕晤对，深感云情，缀此敬乞两正。新纪四年元日弟马鹤凌于台湾文山仙迹岩下。

当年海外幸萍逢，惊见诗坛大匠风。
最是乡音倾积愫，依仁游艺两心同。

鱼雁频传已七年，嘱书短轴悬高轩。
言为晤对能朝夕，振臂挥毫亦惘然。

神州圣岛久僵持，常使离人两地思。
九会南都如有意，今秋宜是再逢时。

2003年春天，著名诗人钱明锵先生（现任中华诗词学会理事）组织一批大陆诗书画家到台湾举办"海峡两岸民间诗书画印联展"。当时大陆著名诗人、书画家启功、沈鹏、刘征、马萧萧、文怀沙等虽未亲自参加，但都有作品参展。马鹤凌先生作为台方诗书画界的总代表，在会上致欢迎词，并在会后宴请了 80 多位两岸诗书画界朋友。宴会上，马先生即席赋诗（三首选一）：

故国文豪跨海来，清华学苑盛筵开。
樽前倾诉余生愿，只为南翁久客台。

从诗中可以看出老先生思念故国，盼望中华统一的拳拳赤子之心。宴罢，马先生立即挥毫，将诗写成四尺整张条幅，赠送给钱明锵。"海峡两岸民间诗书画印联展"在台湾全岛作巡回展出交流，在台北展出时，马英九先生赠送了花篮。

2005 年 5 月，钱明锵第二次带领大陆诗书画家到台湾交流，参加的诗人有林从龙、赵抱衡、蔡圣波、文佩璋等。5 月 8 日在台北举办展览。马鹤凌先生见到林从龙，立即热烈拥抱，激动地说："我等了你快 10 年了！"两人都感动的流下了热泪。林从龙赋诗赠给马鹤凌：

赴台湾访马鹤凌乡兄

跨海喜重逢，心疑在梦中。
语多乡土事，情印爪泥鸿。
云水经年隔，诗骚一脉通。
万家忧乐系，四海仰高风。

马鹤凌先生收到赠诗后，即步韵和诗一首：
从龙道兄来台展览诗书画，并惠赐佳什，谨步原玉以报，敬乞郢正。新纪五年初夏弟马鹤凌于台湾文山。

大马惊奇遇，长怀仰慕中。
　　惠诗频击节，约会几飞鸿。
　　乍见情如沸，高吟气更雄。
　　十年一弹指，幸有别时风。

　　5月14日代表团离开前夕，马鹤凌先生在他单位"希望小馆"专门设宴饯行。宴后，马老先生给每人赠送了《中华一统，世界大同》一书，另外还给钱明锵、林从龙二位各赠送了一本精致的《开创美好的明天》，这是马老先生介绍培养后代经验的书。

　　收到马老先生的赠书后，诗人蔡圣栋、蔡圣波、文佩璋写下了热情洋溢的诗篇：

　　凌云健笔歌大同，精诚满注一书中。
　　呼吁两岸炎黄子，记取孙翁天下公。

　　　　　　　　　　　　——蔡圣栋

　　饱历沧桑一老夫，每从九九插茱萸。
　　高怀自可倾风雅，总为和平鼓与呼。

　　　　　　　　　　　　——牛书友

　　煌煌名著意犹新，惠我案头情激人。
　　时代向前春更好，先生善举见精神。

　　　　　　　　　　　　——蔡圣波

为答谢马老先生，团长钱明锵赋诗《感谢马鹤凌彦丈两次宴请》全诗如下：

乙酉榴月，余率团赴台作诗书画艺交流，世界和平建设委员会会长、著名诗人马鹤凌彦丈，不仅亲自出席开幕式，还两度赐宴，爰作俚句以谢。

莅台喜续风云契，萍聚天涯共白头。
两宴辱君千里意，三通慰我一生愁。
岂徒把酒酬知己，更冀随鞭逐俦侪。
但得鲲溟云雾散，萧闲同掷钓诗钩。

2005年7月10日，马英九先生当选国民党主席，当天，钱明锵、林从龙给马鹤凌发去贺电，不久便接到马鹤凌先生的回函。2005年9月，钱明锵、林从龙接到马鹤凌先生的邀请函，邀请他们到台湾参加11月11日举行的"第十届世界华人和平建设大会暨中华一统世界大同学术会议"。10月30日，马鹤凌先生因筹备大会过于劳累，心脏病发作，住进了医院，于11月1日不幸逝世。当天，钱明锵就收到了这个不幸的消息。当时他和北京周笃文教授正在浙江衢州参加会议，立即由周教授拟稿发了唁电，请台北市政府办公室转马英九先生。唁电全文如下：

台北市政府办公室　转呈

马英九市长先生：

惊悉令尊鹤凌先生辞世噩耗，无任悲恸。先生一生高风亮节，举世敬仰；爱国怀乡，毕生致力于"中华一统，世界大同"事业贡献巨大；对于传统诗词建树尤多。人伦楷模，诗坛典范，溘然仙去，情何以堪！特致电吊唁，至祈英九先生及老夫人，节哀顺变，多自珍卫。

杭州 钱明锵　郑州 林从龙
北京 周笃文　郑州 赵抱衡

2005 年 11 月 1 日

之后，赵焱森等诗人又撰写了挽诗、挽联，寄给马英九先生。今将部分挽诗、挽联择录如下：

深切悼念马鹤凌诗长

昔年怡保海天吟，座上争鸣一豁襟。
把酒论诗三日后，情倾杖履到如今。

词笔春风扫雾开，久思重聚叙吟怀。
而今已是阴阳隔，坛坫湖湘永志哀。

——赵焱森

沉痛悼念马鹤凌诗长

欲识荆州意早倾,相逢怡保慰平生。
谈诗笔会时嫌短,分袂台湾岁未更。
彩照细看人宛在,录音频听语犹清。
和平正待偿宏愿,忍见南天殒巨星。

——林从龙

沉痛悼念马鹤凌诗长

小楼招饮意同倾,意合神交吟兴生。
宣召和平心力瘁,营求一统鬓毛更。
何堪鹤去云泥隔,尤苦龙归诗梦清。
从使乡台风月夜,相思劳望启明星。

——钱明锵

挽 联(三帧选一)

大志倡和平,九届宏猷,伟业称和平柱石
文思追万古,一生建树,英灵仰万古云霄

——文佩璋

收到大陆诗人们的唁电、挽诗、挽联后,马英九先生一一回函致谢。回函内容如下:

先生惠鉴:

日前英九痛遭父丧,遵照遗愿治丧从简,不发讣闻、不开吊、不劳动亲友;目前治丧事宜已告段落,期间辱蒙赐函或致电关心、慰唁，英九铭感五内，谨申谢悃，如有失礼不周之处，尚祈见谅。

　　专此敬颂

　　时祺

马英九（盖章）致敬

1994年12月15日

　　马鹤凌先生已经去世。他为海峡两岸诗人之间的交流，为促进祖国的统一，做出了贡献，受到两岸诗人共同敬仰。同胞兄弟之情，诗词书画之缘，永远是紧紧联系两岸人民的纽带。今天，我们回忆大陆诗人和马鹤凌先生的交往，缅怀他和我们的诗情友谊，决心继续以诗词交流促进祖国统一大业，以此作为对这位台湾著名诗人最好的纪念。

二〇〇五年十一月二十日

【附录十四】

乡魂 民魂 诗魂

——《沈云诗词》序

沈云生长在白洋淀边的雄县，曾任县民政局局长，已退休。沈云的诗，没有华丽的辞藻，没有生僻的典故，清新自然，若芙蓉出水，天然而去雕饰。读沈云的诗，就像品赏一股清泉。这股清泉，从心底汩汩流出，曲折委婉，一泻千里。时而跌荡成小瀑，时而蓄积成深潭，天光云影，百象千态，让人应接不暇，欣赏不迭。

《沈云诗集》的首篇是"乡情辑"。他的诗里，到处都渗透着对农村的热爱。他生在农村，长在农村，一生工作在农村。他用诗来反映农村的景象，农村的生活。他写了农村的春夏秋冬，写了农村的风雨晨昏，写了浇水施肥，写了稻粮菽麦。他的诗就像一幅幅农村风景画，乡间民俗图。我们看他的《月夜》，别有情趣：

柳丝钓出两三星，谁引婵娟落水中。
自是多情迷盛世，今宵不拟返天庭。

《雨中追肥》这样写道：

> 白云随手撒，细雨伴苗酣。
> 舒袖添春色，开襟抱翠岚。

用诗化的语言，把农民的劳动写得美丽多姿，传神入化。而他的《邻居》更是把邻居写绝了：

> 老巷新楼门对门，油盐柴米总难分。
> 东家有酒西家醉，一树桃花两院春。

这是农村的邻居，这是农民千百年来。祖祖辈辈的邻里关系，在沈云的笔下栩栩如生的表现了出来。

如果说"乡情辑"表现了他对农村的热爱，是他的乡魂所系，那么，诗集的第二辑"悯农辑"便是他对农民的热爱，是他的民魂所系。他在诗里写了天灾，写了人祸；写了访贫，写了反贪；写了果农棉农的疾苦，写了煤工瓦工的遭遇。例如：

> 风摧好梦化轻烟，百亩瓜田结果残。
> 脸挂愁云云带泪，心存苦水水成泉。
> 肺肝欲裂悲难尽，贷款难还债又添。
> 假种坑人坑出血，伸冤何处遇青天？
>
> ——《假种》

这就是诗魂。沈云当过民政局长，他最了解农民真实的生活。

沈云比较擅长七律。他的诗集中，七律最多，写得也最好。特别是对于对偶句，不论七言还是五言，他都功夫独到，堪称成就。

例如：

黎民脸上长含笑，官吏船头不起风。

——《愿同》

残篇一卷劳人梦，拙句千行警世情。

——《晚晴》

携侣踏歌花掩路，教孙作赋鸟鸣枝。

——《二线诗》

塘荷欲瘁枝初萎，淀苇才花岁渐寒。

——《秋意》

酒于岁月词中淡，诗向苍生味里浓。

——《抒怀（之三）》

春溪留月能归海，秋雁托云不到山。

——《抒怀（之四）》

喜作甘霖悲作雨，来无云雾去无烟。

——《泪水》

秧棵抽芽易，畦田觅句难

——《春日采风》

竹晃长疑咏，蝉鸣半是吟。

——《云逸斋抒怀》

　　像这样意境好、语言美、对仗工的好句子，诗中俯拾皆是。从中可以看出作者在诗艺上所作的探索和努力。

　　诗人涉猎的领域很广，诗集的涉及面也很广。诗集后面的"岁月辑""咏物辑""唱和辑"，记录着他的人生经历，他的品怀襟抱，他的诗友交往，他的游踪屐痕。都是感情洋溢，佳句迭出，真挚感人。一个出生在农村、工作在县城的诗人，能够写出这样炙脍人口的好诗，确实是难能可贵的。

　　这两年，沈云写了诗，经常向《中华诗词》杂志投稿。我在杂志社担任编辑工作，便成了他的诗的第一个读者。他的诗进步很快，每年都有诗在杂志上发表。而且，他是用新韵写诗。中华诗词学会提出"倡今知古，双轨并行"的方针以来，得到广大诗词爱好者的热烈响应，一些著名的老诗人如霍松林先生，率先垂范，带头用新韵写诗。但总的来看，新韵还处于推广探索的初期阶段，用新韵写诗且有成就的诗人，还不很多。可以说，沈云在这方面带了一个好头。我希望《沈云诗集》能给诗坛带来一股清风。借此机会，我希望广大诗词爱好者，继承中华诗词的优良传统，关心农村，关心农民，关心弱势群体，为他们歌唱，为他们"鼓与呼"。我还希望广大诗词爱好者多用新韵写诗，让"倡今知古、双轨并行"的方针更加深入人心。

最后，谨以一首小诗，来作为这篇序言的结尾：

《沈云诗词读后》

田园诗品最清新，淀苇塘荷更动人。
说到民情难忍泪，一番把笔一沾襟！

二〇〇五年十二月一日

【附录十五】

胸中浩气，笔底风雷

——读《霜凝诗词选》中的旧体诗词

《霜凝诗词选》中旧体诗 101 首，数量并不算多。但他的诗浩气奔腾，如雷霆惊世；想象奇特，似天马行空。作者的胸襟肝胆，蕴之于纸笔，行之于诗句，熠熠生辉，光彩照人。

霜凝是一位金融工作者，又是一位书法家。俗话说"隔行如隔山"，但他却"隔行不隔道"，事不同而理同。他把治理行业、创作书法、创作诗词融会贯通，蓄养胸中之浩气，喷薄一发，于治事则行之于经略，于书法则行之于笔墨，于诗词则行之于章句"读万卷书、行万里路、经万件事、师万人长、抒万般情、拓万丈胸"，正是其书、其诗，也是其人的真实写照。

霜凝诗的第一个特点，是他在诗中的彭湃激情。他对眼前的景物，不是简单的摄取，而是赋予了作者独特的感情，这正是诗的动人之处。刘勰在《文心雕龙》中说："诗言志，歌永言。"在心为志，发言为诗。""诗者，持也，持人情性"。这里的"志"，是指包括"情"在内的"情志"。

正如作者自己所说的"抒万般情",情虽万般,但有一个共同特征,就是这种情不是一己之私情,而是"苟利国家生死以""我以我血荐轩辕""今日长缨在手,何时缚住苍龙?"这样的责任感和使命感所酝酿激荡的万丈豪情。我们来看看他早年的作品《初为人父》

初为人父(1984年6月)

一团颤音荡心房,初为人父乐颠狂。
惊魂三绕头推门,拙言几出语倒装。
脑海空泛大世界,怀中尤抱小文章。
三十舐犊迟发爱,他年接力看小唐。

"一团颤音荡心房",一团颤音,指婴儿初生的啼哭,这个名词,是霜凝所独创,带着他独特的体验,带着浓厚的抒情性,令读者的心也跟着欢跳,来分享这初为人父的喜悦之情。这个颤音,不是一声,不是一阵,而是一团,这一个"团"字,透着慈祥、含着责任,把作父亲的"味道"表现得淋漓尽致。"惊魂三绕头推门,拙言几出语倒装。"走路晕头转向,说话语无伦次,真是"初为人父乐颠狂"了。以上说的,还只是人之常情,后面笔锋一转,作者的感情向更深的层次升华:"脑海空泛大世界,怀中尤抱小文章。三十舐犊迟发爱,他年接力看小唐。"这就不仅仅是父子之亲情了,而是从事业着想,从社会着想,对儿子将来所面对的环境,所担当的角色,寄予了无限的希望,使通常的父子之情升华到了一个全新的境界。这种升华并不是凭空拔高,而是牢牢建立在父子亲情的根基之上,"三十舐犊迟发爱"这一句至关重要,使所有的感情境界落到了实处。这首诗无论在观察的敏感、体验的入微。用词的新颖、篇章的整洁等方面，均可看出作者的艺术才华。

1984年，作者刚30岁。在感情的抒发、回环、运调方面已颇见功力。我们再看他两年后的一首词：

秋游辉山（1986年9月）

丈夫登辉山，脚底生波澜。残云万里，西风剪碎柳如烟。莫道不如春色，斜阳沁醉游人，处处爽高天。把盏唤美酒，挥笔写新篇。　孙郎在，雕弓挽，箭上弦。改革旧弊，今朝啼血需杜鹃。天降大任于斯，莫待白发偷生，仰天空虚叹。长笛催征人，早把凯歌还。

这是一首仿《水调歌头》的词，因为平仄声律不符合词谱，故未标出词牌名（下面还要谈到）。作者登山，其意并不专为旅游玩乐。"丈夫登辉山，脚底生波澜。"不是脚底生波澜，而是心底生波澜。"残云万里，西风剪碎柳如烟。莫道不如春色，斜阳沁醉游人，处处爽高天。"我们看到，作者眼中所摄入的风景，诗中所出现的词句，完全是当时（1986年）社会的环境情势、作者的境遇心情的活灵活现的描述。作者无心赏景，笔锋一转，便"把盏唤美酒，挥笔写新篇。"什么新篇？"孙郎在，雕弓挽，箭上弦。改革旧弊，今朝啼血需杜鹃。"现在明白了：在作者心目中，改革开放的大潮，正需要"杜鹃啼血"式的奋勇献身的人物！"天降大任于斯，莫待白发偷生，仰天空虚叹。长笛催征人，早把凯歌还。"

一个立志在改革开放大潮的风口浪尖上弄潮戏水的志士的形象，已经跃然纸上了。现在，作者已经在中国银监会工作，并担任着中国金融学会副会长。金融界的弄潮儿，在1986年，不，应该是1984年，便已经初露端倪、跃跃欲试了。

霜凝诗的第二个特点，是他在诗中体现的哲学思考。他不停留在简单的触景生情，而是向人生、历史、社会的层面作更深一步的探索，把诗意引向更深的层次，从而升华到哲学的高度。韩愈主张"文以载道"。《文心雕龙》则说"辞之所以能鼓天下者，乃道之文也。"并对什么是"道"作出了解释："写天地之辉光，晓生民之耳目矣。"文学的深刻性表现在责任感，表现在哲理层面的发掘深度。霜凝的诗正是这样，由景入情，由情入理，使诗的内涵层层深入，达到哲学的高峰。我们来看他的一首诗：

参加锦州市乒乓球比赛任裁判员有感（1973年10月）

两塘绿水白网围，一粒珍珠跳来回。
满池捕捞我提秤，谁人赢利谁人亏？

"两塘绿水白网围"，乒乓球台大都是绿色的，所以说是"两塘绿水，一道白网"。"围"字不大确切，乒乓球的网子并没有把案子"围"起来，而是把案子隔成两半。应该用"隔"字。为了入韵，也可以用"垂"字。"一粒珍珠跳来回"，形容乒乓球来回飞旋，惟妙惟肖。作者不去描写打乒乓球的具体过程、具体动作，而是在深层次上思考，对裁判员的工作性质进行哲学概括，挖掘其本质性的内涵："满池捕捞我提秤，谁人赢利谁人亏？"秤是公平的、无情的、准确的，裁判员就是提秤者。这样，一个公正的、铁面的、科学的裁判员的形象，便栩栩如生了。我们再来看一首：

都江堰感怀（1995年8月）

狂澜倒挂，赛脱缰惊马出笼野兔。盖地铺天灰茫茫，翻卷百舸千舟。涛起涛落，山明山灭，可怜生灵涂。草芥挥泪，化入野水荒流。　　无奈群峰千叠，层云万重，乱把英雄呼。掏滩做堰巧布阵，了却雷霆之怒。李家父子，雄躯伟岸，长歌万民哭。治水如斯，治人尚此也夫？

这是一首仿《念奴娇》的词，也是因为平仄声律不符合词谱，故未标出词牌名。词的上阕，以奇特的形象描述，勾画了都江堰的自然风貌，"狂澜倒挂、脱缰惊马、出笼野兔、盖地铺天、翻卷百舸、涛起涛落、山明山灭"连续几个惊世的形象，把都江堰这个伟大的历史工程，凸现在读者的面前。词的下阕，开始写人，写都江堰的设计者、建设者，李冰父子。"无奈群峰千叠，层云万重，乱把英雄呼。"两千多年来，李冰父子被蜀中百姓作为神来歌颂，建立"二王庙"香火供奉。为了保证都江堰的生命力，李冰亲自制定了"六字诀"。"深淘滩，低作堰。六字诀，永不变。"以数尺见方的大字，刻在都江堰旁边的山壁上。正是这简简单单的六个字，保证了都江堰得以延续两千多年。在词的结尾，作者大声疾呼："治水如斯，治人尚此也夫？"是啊，治水之道，也是治人之道、治世之道啊！去年，听说不顾各界人士的坚决反对，要在都江堰上游修一个水库。真令人长叹："治水如斯，治人尚此也夫？"我们再来看下一首诗：

游陶然亭（1998年12月）

松枝如舞雪如鸿，陶然亭怀醉翁亭。
有人陶醉有人醒，道是假亭扮真亭.

"松枝如舞雪如鸿"，到陶然亭游览，写陶然亭的景致只有这一句。可见作者真意不在游山玩水，而在抒情言志。松枝为什么如舞？雪为什么如鸿？这都是引起想象、引发思考的"引子"和铺垫。紧接着，作者的思路便离开了眼前的陶然亭，开始纵横驰骋了。"陶然亭怀醉翁亭"，作者从眼前的陶然亭，一下子联想到了远在千里之外的安徽的醉翁亭，联想到了《醉翁亭记》的作者，唐宋八大家之一的欧阳修，联想到了欧阳修一生屡居高官、几遭贬斥的坎坷经历。欧阳修是北宋诗文革新运动的领袖。他继承了中唐古文运动的传统，并吸收了北宋初期诗文革新的成果，把诗文革新运动推向了高潮。这个一千多年前的革新者，给一千多年后的改革者带来了什么样的思考、引发了什么样的共鸣呢？还是这位欧阳修，他主张把文章与"百事"联系，反映现实。他还用自己诗、赋、文各方面的艺术创作，为诗文革新提供了良好的范例。苏轼评论他的作品说："论大道似韩愈，论事似李贽，记事似司马迁，诗赋似李白。"（《宋史·欧阳修传》）在《五代史·伶官传序》中，欧阳修提出了"忧患可以兴国，逸豫可以亡身"的著名论断。这又给我们的作者，这位集金融家、书法家、诗人于一身的人，带来了什么样的思考、引发了什么样的共鸣呢？作者在诗的结尾意味深长的写道："有人陶醉有人醒，道是假亭扮真亭。"怎样算陶醉，怎样算醒？谁在陶醉，谁在醒？说白了，醉翁并不醉，陶然亭也不陶然，两处都是假亭扮演了真亭。其间的深沉的哲学咏叹，留给读者去反复品味吧。我们再看另一首诗：

内蒙古草原行（1999年7月）

　　白云拂地，青草连天，旷穹如染。看无垠绿浪，唯天是岸；轻风如梳，黄花如舞；琴声弥野，神驹离弦；谁人泼此千秋卷？更需觅，弯弓射雕处，遥忆当年。　　如此诗画江山，问双宁能不醉开颜？身外无物，唯有尽欢：利禄功名，从容笑谈；神骨松弛，通体飘然，都化庄蝶舞翩跹。此身何用，溶入大草原，生命无限。

这是一首仿《沁园春》的词。到了内蒙古大草原，作者看到的是"白云拂地，青草连天，旷穹如染。看无垠绿浪，唯天是岸；轻风如梳，黄花如舞；……神驹离弦"听到的是："琴声弥野"，想到的是："谁人泼此千秋卷？更需觅，弯弓射雕处，遥忆当年。"面对这一望无际、无拘无束的广袤天地，任何人都会感到自己的渺小，悟到人生的短暂。作者回味人生，反思历史，自然产生了对"利禄功名"的淡漠，提出了"此身何用"的疑问，发出了"身外无物"的慨叹，一种渴望解脱、追求无限的情趣潜然而生了。于是词的下半阕出现了"神骨松弛，通体飘然，都化庄蝶舞翩跹。此身何用，溶入大草原，生命无限。"这样的通融达观、物我两忘的哲学境界。这与《读史》（1997年元月）中所说："观书不知儒法浅，论史方觉老庄高。"所体现的哲学观点，是一脉相通的。

霜凝诗的第三个特点，是他在诗中奇特的想象。神思妙和，梦笔生花，创造出全新的艺术形象，给人以石破天惊、别开生面之感。体现了"艺术永远是陌生的"这个艺术规律。刘勰《文心雕龙》中说："故寂然凝虑，思接千载；悄焉动容，视通万里；吟咏之间，吐纳珠玉之声；眉睫之前，卷舒风云之色；其思理之致乎！"这种效果，就是依靠创造全新的独具特征的艺术形象来实现的。我们来看看诗中的形象：

黄果树瀑布（1995年8月）

女娲疏，补天漏洞窟。苍穹无处泄清泪，大地有墨泼画图。一任垂天瀑。

这是一首仿《忆江南》的词。黄果树瀑布是我国最大的瀑布。作者把它想象成是从女娲补天遗漏的一个窟窿里倾泻而出的。这种奇特的想象，已经先声夺人。接着作者又用"苍穹无处泄清泪，大地有墨泼画图。一任垂天瀑。"来描述，把瀑布看作是女娲的清泪，是大地上一幅泼墨画图。一首写瀑布的诗，没有写具体的山、具体的水，而是巧妙的借用神话，另铸形象，不着点墨，尽得风流。这也许就是书法家的"飞白"墨法吧。

同样是写瀑布,在《德天瀑布》中,则是另一番景象:

德天瀑布(2002年11月)

　　回峰叠嶂,千旋万转,不见真容。忽雪练天来,飞珠溅玉。横空帛裂,长野雷鸣。头砸地角,尾扫天根,群山瑟瑟云汉倾。煮梅时,看霸王腿抖,桓侯颜红。　　英雄虽是英雄,只可怜长埋乱峰中。叹孙阳已死,伯乐不生。谁人知晓,难得分封。百丈长瀑,愁成折发,只为到海尽朝东。还不如,化一泓美酒,关他刘伶。

　　这也是一首仿《沁园春》的词。这里不再借助于神话,而是采取白描手段,直接塑造瀑布的形象。这里"回峰叠嶂,千旋万转,不见真容"是山形,"雪练天来,飞珠溅玉"是水态,"横空帛裂,长野雷鸣"是瀑布的声音,"头砸地角,尾扫天根,群山瑟瑟云汉倾"是瀑布的形态。这些形象,把瀑布的雄奇秀丽,活生生地表现了出来。下半阕则是通过瀑布,尽情抒发人生的慨叹了。

　　以上两首写的是自然景观,我们来看看诗中的人文景观。

习　字(1996年2月10日)

　　尺幅之间,原竟是,苍穹万里。风刮得,满目行云,一天骤雨。墨涛起处猛虎啸,翰海动时游龙戏。忽惊雷闪电共阑干,如诉泣。　　唇咬破,脚嵌地。腕高悬，愁自去。轩窗任拍打，无我境地。世事苍茫都不见，人间从此无足虑。血涌一身颠狂豪气，谁人醉？

这是一首仿《满江红》的词。霜凝是书法家，它在清华大学作书法讲演时曾谈到："我觉得，表达情感是艺术的源泉、动力和本质所在。因'宣泄情绪'而成千古名篇的，莫过于岳飞书写的诸葛亮的《出师表》了。"作者是怎样在书法中宣泄情绪的呢？词的上阕写道："尺幅之间，原竟是，苍穹万里。风刮得，满目行云，一天骤雨。墨涛起处猛虎啸，翰海动时游龙戏。忽惊雷闪电共阑干，如诉泣。"作者在纸上看到的是：苍穹万里、满目行云、一天骤雨、猛虎啸、游龙戏、惊雷闪电等形象。这些形象，既具有书法的特征，又是作者感情注入的结果。不同的人，对书法的感悟是不同的，所感触到的形象也是不同的。但在具有书法特征方面，却又是共同的。因为是共同的，这些形象才能被人理解；又因为是不同的，才对人具有吸引力。这就是艺术形象的魅力所在。

三门峡大坝泄洪有感（1998年6月）

呼啸西来，撼天拔地，气吞万里。却横天一刃，拦腰劈去；三门加锁，黄龙入浴；清波一片，大河如洗。想当年何等豪气？今朝却，化平湖比镜，舟高柳低。　岂能檐下甘居？曾记得留侯圯桥履。忽千堆白雪，万束烟絮；砥柱断后，惊澜如旅。三军勇冠，中原直逼，摧城拔寨铺天去。大丈夫，当能屈能伸，真英雄气！

这也是一首仿《沁园春》的词。写大坝前的黄河，是"呼啸西来，撼天拔地，气吞万里。"写三门峡大坝，是"却横天一刃，拦腰劈去；三门加锁，黄龙入浴。"写大坝后的水库，是"清波一片，大河如洗。想当年何等豪气？今朝却，化平湖比镜，舟高柳低。"写大坝后的排水孔闸，是"千堆白雪，万束烟絮；砥柱断后，惊澜如旅"，写水库下游的黄河，又是"三军勇冠，中原直逼，摧城拔寨铺天去"，一连串奇特的形象，把三峡大坝的奇观，再现在读者的面前。最后以"大丈夫，当能屈能伸，真英雄气！"结尾，正所谓"诗中有我"的大手笔。

作者最得意的一首，应该是下面的这首《登庐山》了。

登庐山（1998年7月）

奇峰天降，扼大江，取笑黄河兄弟：虢人悄然不语。一戏泰岱，二戏华岳，三戏巫医间。乍晴乍雨，宠得一身脾气。　　忽来北国游客，踏尽匡庐，觅得前朝迹。太白俯首，陶潜甘居，一代狂人泣。狂人如此，遍寻天下，谁人能驾驭？信步之间，却在双宁脚底。

这也是一首仿《念奴娇》的词。"奇峰天降，扼大江，取笑黄河兄弟。"黄河是中华民族的发祥地，是众所周知的"母亲河"。怎么能取笑她呢？取笑她什么呢？原来要"看谁是中流砥柱？"至此才看出，这种取笑是善意的，相当于"笑问"的意思。是啊，如果大尺度的观察历史，回溯远古洪荒的年代，回溯五千年华夏文明的历史长河，黄河的地位当然是至高无上的。但如果把历史的尺度放的小一些，把眼光放的近一些，细拣近百年来中国的现代史，说到"中流砥柱"，黄河是应该让庐山三分，所以"虢人悄然不语"了。"一戏泰岱，二戏华岳，三戏巫医闾"，泰山是五岳之首，华山是五岳中海拔高度最高者，巫医闾是辽西的一座山，是"五镇"中的北镇（西汉时期天下共有五座镇山：北镇闾山，西镇吴山，东镇沂山，中镇霍山，南镇会稽山）。庐山把"五岳""五镇"都"戏"了一番，黄河、五岳、五镇在庐山面前都相形见绌了，于是"乍晴乍雨，宠得一身脾气"，一副放任骄纵、睥睨万物的天之骄子的形象，活灵活现的被勾画了出来。这里有必要指出，在笔者看来，诗中"取笑"这样的字眼还是用"冒"了，"戏"字也值得商榷。考虑到全民族的感情，对于象黄河、泰山这样在中华民族心目中享有至高圣誉的形象，还是毕恭毕敬为好。毛泽东几次欲游黄河，终未实现，其原因是多方面的，但与他心目中对黄河的崇敬不无关系。要知道，毛泽东一生是很少崇敬过什么的。（今仅从诗艺发论，未及其他。）

这首诗无论写景抒情、鉴古说今，还是咏物造像、谋篇布局，还是神韵境界、气魄胸襟，都体现了作者诗词艺术的高峰。作者以此诗为内容创作的书法长幅，也是作者创造的"飞狂草书"的杰作，是一幅"诗书双辉"的精品。

以上谈了霜凝诗词的三个特点，这三个特点，形成了霜凝诗词的独特风格。

这种独特风格，首先来源于作者独特的人生经历。作者身居金融界的高层，在改革开放的大潮中，属于指经画纬、调和鼎鼐的人物，其"行万里路、经万件事"，自非一般诗人可比。全世界除了南极洲外的六大洲，他都去过；全国各省市包括西藏和台湾，绝大多数地市、相当一大部分县他都走过。这种人生阅历，对作者艺术风格的形成，起到了非常重要的作用。特别是作者的学养功底，更是其艺术风格形成的必要条件。作者在清华大学作书法讲演时，着重指出书法艺术的"书外功夫"，提出要"读万卷书"，特别是文学、历史和哲学。他说："很多书法家不缺书内功夫，缺的是书外功夫。为什么放不开？为什么达不到那种境界？主要就是缺少书外功夫。书外功夫是书法艺术创作的重要基础。有人跟我说，书法线条是书家的精神心电图，是书家情感、知识、胸怀、性格、人品的综合反映。这句话是谁说的呢？是杨辛先生向我转达宗白华的话。我觉得，当前书坛的最大弊病就是缺少书外功夫，知识狭窄变成眼界狭窄，眼界狭窄变成创作思路狭窄，创作思路狭窄变成心胸狭窄。"这些话用来论诗，也是切中肯綮的。陆游曾说过："汝果欲学诗，工夫在诗外。"正是因为作者下了这种"诗外的功夫"，所以他"放的开"，他"达到了那种境界"。诗词的语句、诗中的形象，也是他的"精神心电图"，也是他"情感、知识、胸怀、性格、人品的综合反映。"

　　这种独特风格的第二个来源，就是作者独特的个性和艺术追求。作者是书法家，精研各家，独钟狂草，多年研习，达其堂奥。他不停留在古人的水平，开拓进取，独创新体，融合蔡邕的散隶、蔡襄的散草、以及张旭、怀素的狂草，把飞白揉进狂草，创造了"飞狂草书"。这种书体，横无行、纵无列，适宜于大字体、少字数作品的创作，达到笔散补凝的效果。作者为了考证红军长征途中中央政治局巴西会议的会址,深入草地,跋涉于海拔3500米的高原草地的藏族地区,终于弄清了这个模糊了近70年的历史疑案,还历史的本来面目。他的这种超越天地、超脱万物的胸襟气魄,狂放不羁的性格、锲而不舍的追求,使他的艺术作品深深打上了自己独特的烙印,使他的艺术风格逐渐的独立、完整、成熟起来。

这种独特风格的第三个来源,是作者对古人艺术的继承,作者在古典诗词的肥沃土壤中汲取营养,经过了作者的再创造,生长出了新时代的诗词奇葩。李白、李贺、苏东坡、辛弃疾等大诗人,特别是毛泽东,对作者的影响最大。作者在书法艺术上,特别推重毛泽东的草书;在诗词创作上,也把毛泽东诗词作为典范,揣摩把玩,参透机关。融铸形象、遣词造句、谋篇布局,颇得神似。严羽的《沧浪诗话》中说:"夫诗有别材,非关书也;诗有别趣,非关理也。然非多读书、多穷理,则不能极其至。"作者博览群书,对于文学、历史、哲学方面,更是广读精研,颇有造诣。特别是作者在传统文化中汲取营养,食而化之,能入能出,创造性的运用到自己的艺术作品中。我们来看看他在诗中是如何巧化古人的:

"未出土时便有节,虚心直插碧霄中。"(《武昌东湖咏竹》)使读者联想到郑板桥的诗句:"未破土时先有节,及凌云处尚虚心。"

"万顷芳醇盛不住,溢进龙江万人食。"(《戏松花湖》)使读者联想到叶绍翁的名句"春色满园关不住,一枝红杏出墙来。"

"冯唐诗节马蹄飞,我欲西行往事追。"(《告别辞》)使读者联想到苏东坡的《密州出猎》:"持节云中,何日遣冯唐?"

"有人陶醉有人醒，道是假亭扮真亭。"（《游陶然亭》）使读者联想到刘禹锡的《竹枝词》："东边日出西边雨，道是无晴却有晴。"

"一瓢美酒一瓢月，瓢中月对天上月。"（《咏月》）使读者联想到李白的名句"举杯邀明月，对影成三人。"

"秋风楼上唱秋风，楼共游人两嘶鸣。"（《登秋风楼》）使读者联想到李白的名句"凤凰台上凤凰游，凤去台空江自流。"

"临江矗立，曾招得，多少过客？那时节，子陵垂钓，东坡滴墨。更有郁家昆仲血，流成山下钱塘波。正古今英雄来染就，仰天卧。"（《登富阳鹳山》）使读者联想到刘过的《沁园春》："斗酒彘肩，风雨渡江，岂不快哉？被香山居士，约林和靖，与坡仙老，驾勒吾回。"

"如此诗画江山，问双宁能不醉开颜？"（《内蒙古草原行》）使读者联想到毛泽东的《沁园春》："江山如此多娇，引无数英雄竞折腰。"

《过虞姬墓》："古来征战何时了，白骨知多少？早春细雨伴寒风，最是不堪回首旧梦中。

黄土青冢今犹在，唯有红颜改。孤坟载尽几多愁，似看人间岁月怎样流？"

和《游日月潭》："日出月落何时了，离愁知多少？我于梦中向东风，何年日月相聚此潭中？　碧水清波今犹在，相思情难改。一泓池水盛满愁，化为清泪不知何处流？"

更是明显的受了李煜《虞美人》："春花秋月何时了，往事知多少。小楼昨夜又东风，故国不堪回首月明中。雕栏玉砌应犹在，只是朱颜改。问君能有几多愁，恰似一江春水向东流。"的影响，按其色调改写而成的。

我们可以从中看出古人的影响，看出作者对古人的学习和继承。但作者化用古人，写的是眼前之景，融入的是作者自己的感情，创造出的是全新的艺术形象，形成的是作者自己独特的艺术风格。

如果说霜凝的旧体诗词还有什么不足之处，那就是在平仄声韵方面，多有不合格律之处。这种对格律的扬弃，正是作者对旧体诗词诗体改革方面，所进行的大胆探索。前面谈到，作者仿用了一些词牌，因为平仄声律不大符合词谱，故未标出词牌名。虽然未标词牌名，在书中这一章还是写着"第三部分：长短句"。可见，作者还是视作未标词牌的词。与词谱比较，我们可以看出作者仿用的词牌有12个：

沁园春9首：《石林》《谒马克思墓》《评点张氏父子》《游青海湖》《秋梦》《三门峡大坝泄洪有感》《内蒙古草原》《观钱塘江大潮》《德天瀑布》。满江红7首：《登富阳鹳山》《习字》《贺科技金融结合会议》《重返磷肥厂有感》《峨眉金顶观雪有感》《再过夔门》《六月六日抒怀》。念奴娇3首：《都江堰感怀》《登庐山》《水下世界有感》。虞美人2首：《过虞姬墓》《游日月潭》。水调歌头1首：《秋游辉山》。蝶恋花1首：《萨达特墓凭吊》。踏莎行1首：《吊卢梭》。减字木兰花1首：《吊韩信》。忆江南1首：《黄果树瀑布》。江城子1首：《深圳行》。浣溪沙1首：《特里尔感怀》。钗头凤1首：《松花江》。

这种创造新诗体的探索者，诗坛不乏其人。如，以南京丁芒为代表的"自度曲"，以河北刘章为代表的"赶五句"，以贵州万裕屏为代表的"五七律"，等等。探索的共同特征是：守句式者则突破平仄格律，表现为平仄上的解放和自由；守声律者则突破律绝的句式，表现为句式、章节上的改革和创新。对于格律诗词而言，统称之为"解放体"。霜凝的诗词，仅仅是突破了平仄格律，对于句式，无论是诗还是词，都是严守的。

　　这个诗人群体相当活跃，执著追求，锲而不舍，创作了大量的作品，在各个诗词刊物上经常能看到他们的身影，对诗坛具有一定的影响。无疑，他们的实践是勇敢的和具有探索精神的。但在目前而言，还没有创作出被诗坛公认的新的诗体。他们的探索还不能说得到了诗坛的肯定，甚至还存在较大的争议。这种探索的前途和归宿如何，还有赖于将来的实践做出结论。

　　作者的这种探索，与其个性有关。前面在谈作者风格的第二个来源时，谈到了作者狂放不羁的性格和锲而不舍的追求精神。他从来不满现状，不迷信权威，始终向着新的高峰开拓前进，让艺术作品深深打上了自己独特的烙印。希望作者能够像创作"飞白草书"一样，创作出一个崭新的诗体来。

　　读霜凝的诗，不知不觉受到诗中澎湃浩气的感染，呼吸于苍冥之上，咳唾于碧落之外，似煮青梅而论英雄，执铜琶铁板而歌大江东去。短文已结，余韵未绝，乃许其清响，缀之以长句：

读《霜凝诗词选》中的旧体诗

霜凝寒林沉寂久，天风吹木作涛吼。
枯枝败叶落纷纷，昊天始得见星斗。
星芒掣电烛夜空，炫目如盲泣雕虫。
迤邅百兽惊回首，吟啸依稀闻远龙。
敕勒川草青如洗，匡庐山色魂梦里。
三门峡下一身横，卧断九曲黄河水。
检点胸次皆崚嶒，何物浇得块垒平？
晴空一鹤唳长天，满园菊韵看霜凝。

二〇〇六年三月十日

【附录十六】

别裁新句作清吟

——《张守富诗词选》读后

张守富6岁学习书法，至今已历半个多世纪，其造诣之深，可想而知。更为难能可贵的是，他不但擅长书法，还精研诗词。用自己的书法，书写自己创作的诗词，创造出艺术作品，诗书双辉，珠联璧合，相得益彰，大大提高了书法的艺术内涵和诗词的使用价值，这无论在诗词界还是在书法界，都是非常难得的。

笔者不谙书道，对于书法作品，高山仰止，赞赏而已。对于其诗词内容，反复拜读，颇受感动。

首先，诗中融注着沉重的历史沧桑感，似乎将五千年华夏文明浓缩在诗句之中，令人读后掩卷沉思，久久不能忘怀。我们看《咏徐州》：

咏徐州

几度兵争彭祖乡，通衢五省大风扬。
云龙湖水珠光闪，犹映当年操练场。

徐州这个地方，可写的东西太多了。而诗人紧紧抓住"历来兵家必争之地"这个历史特征，又引出汉高祖刘邦有名的《大风歌》，点明"犹映当年操练场"，引发读者深沉的历史思考。我们再看《金陵见闻》：

金陵见闻

夫子庙前人济济，乌衣巷口燕翩翩。
隔江歌女今犹在，唱彻秦淮不夜天。

南京夫子庙，这是华夏文化最典型的代表。乌衣巷，使人自然想起"朱雀桥边野草花，乌衣巷口夕阳斜。旧时王谢堂前燕，飞入寻常百姓家。"（刘禹锡）的诗句。而诗的结拍，又重现了"烟笼寒水月笼沙，夜泊秦淮近酒家。商女不知亡国恨，隔江犹唱后庭花"（杜牧）的兴亡之叹。诗题"金陵见闻"，到底见了什么？闻了什么？这些见闻又有什么历史价值？历史是怎样在现实中映照出来的？现实会不会是历史的简单重复？在古与今的对比关照中，留给读者自己去思考吧。

说到古今对照，下面这首《西湖游感》更显得集中、生动：

西湖游感

轻舟映月绕三潭，高塔雷峰旧影还。
昔日桥头肠欲断，今朝湖畔笑频传。

我们看到，诗人写了西湖三个典型的景点：三潭印月、雷峰夕照、断桥残雪。这三个景点所包含的历史故事、神话故事，是妇孺皆知的，已经融入中华民族传统文化之中。紧紧伴随着三个景点的是"旧影、昔日、今朝"三个古今对比的词语。可见诗人表面是在写今，实际是在写古；看起来是在写景致，实际是在写历史。这正是诗人艺术手法的高超之处。刘勰《文心雕龙》"寂然凝虑，思接千载；悄焉动容，视通万里"，盖此之谓也。

其次，诗中表现了诗人对祖国大好河山的无限热爱。情之所动，万物皆美，览物造像，栩栩如生，创造出吸引读者的艺术形象。《三亚赋》中这样写道：

三亚赋

碧水方塘椰树斜，紫苞青叶映繁华。
悠悠一榻春风暖，吹梦遥飞到雪崖。

那碧水方塘的大海，那紫苞青叶的椰树，那榻上的春风，那雪崖的梦魂，把海南岛上三亚海滩的夜景，描绘的淋漓尽致。写温柔的三亚海湾，诗人使用了柔媚的语言形象，表现的是诗人对自然风景的欣赏和陶醉。而写雄伟壮观的贵州黄果树瀑布，诗人又该怎样写呢？我们来看《观黄果树瀑布》：

观黄果树瀑布

万顷银河泻，千寻素练悬。
雷鸣声裂地，狮吼势崩天。
骚客豪情涌。将军怒马旋。
遣谁挥巨笔，狂草刷长天。

诗人创造的形象，是万顷银河，是千寻素练，是裂地的雷鸣，是崩天的狮吼，是骚客涌动的豪情，是将军盘旋的怒马，又是一幅刷在长天的巨笔狂草。一连串生动形象的比喻，把黄果树瀑布的雄伟壮观呈现在读者的面前。面对黄果树瀑布，诗人创造了风格完全不同的另一组艺术形象。中国诗歌史上所说的现实主义与浪漫主义，或者豪放与婉约，对诗人来说，都是熟练掌握、灵活运用的。我们再来看《新疆赋》是怎样描写新疆大漠戈壁的：

新疆赋

丝绸开古道，大漠响驼铃。
羊逐云披野。莲开雪挂峰。
棉山飞舞袖，葡架绕歌声。
遥看油城外，飘飘彩帜明。

历史上的丝绸古道、大漠驼铃，已经一扫旧容，变成了白羊如云、雪莲盛开，变成了棉花遍地舞彩袖、葡萄满架绕歌声。改革开放以来，新疆轮台地区又发现了巨大的石油、天然气矿藏，开采大军改变了戈壁的面貌，"遥看油城外，飘飘彩帜明",一个蓬勃发展的新疆跃然纸上了。这是二十世纪末期、二十一世纪初期的诗词,诗的时代风貌、历史烙印,深深的印在诗的语言和艺术形象之中了。诗者史也,再过多少年,我们也能从诗中看出时代的、历史的痕迹。

诗人不但热爱祖国的大好河山,而且对世界其他国家的优美风景也寄予热情的赞赏和歌颂。我们来看一首国外记游的诗:

澳洲行

舒心白鸟鸣红树,极目蓝天接绿洲。
异国繁花开遍野,故乡瑞雪正悠悠。

澳大利亚的白鸟红树、蓝天绿洲,还有那遍野的繁花,充满了世外桃源的异国情调。而游子思乡之情,却又回到了万里之外的故国。一句"故乡瑞雪正悠悠"又把读者带回了自己的祖国。而在《莫斯科杂吟》里,却没有描写异国的风光,而是把笔触伸展到更深的层次:

莫斯科杂吟

伫立莫斯科,心潮逐逝波。
红旗何处舞?海燕几时歌?
战士曾钢铁,游人已绮罗。
仰瞻星斗在,璀璨照长河。

十月革命的红旗，曾经鼓舞过中国，曾经震撼过世界。高尔基的《海燕》什么时候才能再高唱它的战歌？奥斯特洛夫斯基《钢铁是怎样练成的》一书，曾经征服了多少人的心啊，而现在，过去的苏联已不复存在，今天的俄罗斯，到处已是遍身绮罗的游人。这，怎能不教诗人"心潮逐逝波"呢！正如刘勰《文心雕龙》所说："登山则情满于山，观海则意溢于海，我才之多少，将与风云而并驱矣。"

第三，诗人所表现的关心人民疾苦，关心弱势群体命运的悲悯情怀，正是中华民族文化的精髓所在，正是传统诗词的主线。我们看诗圣杜甫《三吏》《三别》，白居易《秦中吟》，张俞《蚕妇》等诗词，无一不体现了这个精神主线。李绅的《悯农》："锄禾日当午，汗滴禾下土。谁知盘中餐，粒粒皆辛苦！"几乎成了整个民族的座右铭。我们来看诗人的一首诗：

农民兄弟

日晒风吹播又栽，春耕夏种战天灾。
人间大米晶莹白，茧手双双磨出来。

这首诗与李绅的《悯农》，无论从感情、语言、形象等方面，都有异曲同工之妙，简直就是当今时代的《悯农》诗！而诗人对弱势群体的关心，则表现在他对郑板桥的怀念与咏叹之中：

卜算子·咏板桥

枝叶总关情，画竹多潇洒。记得民间疾苦声，润笔凭嬉骂。　八怪尽奇才，三绝诗书画。归去来兮两袖风，今日须光大。

诗人在诗后的自注中，引了郑板桥《题画竹》诗："衙斋卧听萧萧竹，疑是民间疾苦声。些小吾曹州县吏，一枝一叶总关情。"这首《卜算子》，全是郑板桥《题画竹》诗的再创造。这表现了诗人对郑板桥的肯定和赞赏，寄托着诗人对这位古代的清官廉吏的追求和呼唤。在当今时代，这无疑是具有一定的社会性和现实意义的。

诗人不仅是一位书法家，而且是一为身居高位的政府官员。他不仅作为艺术创作，而且要实现自己的抱负，发挥诗词、书法的社会功能。他在《寒山钟声》一诗中写道：

寒山钟声

枫桥千载忆诗翁，名句如雷贯耳中。
数访姑苏城外寺，为听夜半一声钟。

他要做这样的"诗翁"，他要使自己的诗成为"如雷贯耳"的钟声，唤醒世人，唤醒社会。为了听到这"夜半一声钟"，他"数访姑苏城外寺"，几度追求，几度寻觅，几度探索，正像屈原"路漫漫其修远兮，吾将上下而求索。"这才是诗人的品格、境界，这才是诗人的灵魂！

我们衷心希望诗人沿着自己开创的道路继续前进，我们衷心希望诗人写出更多的好诗，为万紫千红的祖国诗坛增添奇葩异朵。最后，让我用一首小诗来结束这篇短文：

《张守富诗词选》读后

　　幽燕听唱浦江歌，谁解河山感慨多？
　　唯有萧萧板桥竹，一枝一叶费吟哦。

二〇〇六年三月二十六日

【附录十七】

喜看新蕾绽芬芳

——新韵创作现状的思考

华夏琼林花烂漫，诗坛新蕾绽芬芳。自中华诗词学会《21世纪初期发展纲要》提出新韵旧韵"倡今知古，双轨并行"的方针以来，新韵这个新生事物越来越蓬勃发展、深入人心。近年来，《中华诗词》编辑部、中华诗词学会收到了大量的有关新韵的诗稿、文章和信件，有的对新韵进行理论探讨，有的为新韵鼓掌欢呼，有的对新韵作品进行欣赏分析，还有的对《中华诗词》杂志出主意、提建议或批评意见。首先，编辑部向广大作者、读者表示衷心的感谢。我们从中体会到广大诗词爱好者对新韵的关心和热情，这也说明中华诗词学会提出的诗韵改革的方针是适应时代潮流的，是大得人心的。《中华诗词》编辑部收到的以新韵创作的诗词，数量越来越多，质量越采越好，这说明新韵的创作高潮正在逐步形成，这是一个非常喜人的现象。

各地诗词组织、诗词刊物对新韵的推广和普及非常重视，纷纷在诗词刊物上转载《中华新韵（十四韵）》，省市级的如内蒙古诗词学会的刊物《内蒙诗词》，地市级的如包头诗词学会的刊物《包头诗词》，等等。有的还转载《中华诗词》杂志2004年关于新韵的连载文章。各地出版了不同的新韵韵书，在各地流行使用。湖北溪翁还专门为《中华新韵（十四韵）》编写了《中华新韵歌诀》。这些刊物、书籍、作品，为宣传推广新韵，起到了积极作用。以新声韵创作的诗集纷纷面世，在读者中流传。如山西钮宇大的《范词今填三百首》、福建黄奕正的《奕正学写诗词选》、河北沈云的《云声集》等等。沈阳诗词学会为了加大普及新韵的力度，将新韵的创作引向深入，今年还将专门举办新韵诗词大赛，还邀请中华诗词学会派人去沈阳进行研讨和答疑。

《中华诗词》杂志除在每个栏目中都发表新韵诗词以外，还专门开辟了"新声新韵"栏目，集中发表新韵作品。中华诗词学会顾问霍松林老先生率先垂范，带头写新韵诗，在《中华诗词》杂志发表，在老诗人中起了很好的示范作用。贵州诗词学会在全省大力提倡、推广新声韵，有90%的诗友用新声韵写作，而且，《贵州诗词》杂志搴纛前驱，成为最早以发表新声韵作品为主的省市级诗词刊物。

和有千百年历史的旧韵相比，新韵是个新生事物，具有无限的生命力。从目前新韵发展的现状来看，还有一些不尽如人意的地方。主要表现为：仅从创作数量来看，全国各地的诗词刊物、书籍中，以新韵为主的刊物、书籍、诗词专集等还是少数。从《中华诗词》编辑部收到的诗词稿件来看，新声韵诗稿的数量，约占10%。从这个侧面可以看出，大多数诗词作者仍然习惯于使用旧韵，新韵诗词的创作还处在新兴的阶段，还没有到达兴旺发达的成熟期。

鉴于当前阶段新声韵诗稿的数量的不足，《中华诗词》编辑部为了便于审稿，便于读者欣赏，减少时间和精力的浪费，要求新声韵的诗稿标明"新声韵"。在发表时，除"新声新韵"栏目外，其他栏目的新声韵作品，均标明"新声韵"。

　　有的诗友提出，既然是"双轨并行"，为什么新韵作品要标明，而旧韵作品却不标呢？这不是等于把新韵"入另册"了吗？其实，这是一种误解。笔者在2003年《中华诗词》杂志第10期《关于〈中华新韵（十四韵）〉使用中的几个具体问题》一文中，就已经对标明新声韵的意图和作用进行了说明："使用新韵的诗作，一般应加以注明，主要是为了便于编者审稿、便于读者欣赏。当前，新韵处于初兴阶段，用新韵创作的诗词作品，在数量上还是少数。就本刊收到的自然来稿而言，新韵作品占的比率不足10%。这说明，大多数人还是习惯于用旧韵创作和欣赏，编辑也还是习惯于按旧韵审改稿件。如果标明新韵，编辑和读者就能立即转变思路，按新韵去审稿，去欣赏，避免了一些不必要的误解和时间上的浪费。当然，这只是新韵初兴阶段的临时措施。将来，新韵的作品可能在数量上超过了旧韵的作品，占了大多数，大多数人已经习惯于用新韵创作和欣赏，编辑也已习惯于按新韵审改稿件。那时候，可能旧韵的作品反而需要注明了。"笔者在和诗友沟通交流时，曾经做过一个比喻：我们见到新朋友时，要递上一个名片；见到老朋友时，就没有必要了。这能说是把新朋友"暗喻另类"吗？标明新声韵，就起到一个"名片"的作用，将来新韵成了"老朋友"，也就自然没必要了。

　　有的诗友还提出，《中华诗词》杂志每期只辟一个新声韵栏目，等于把新声韵"禁锢于所圈一角之内，其他栏目不得涉足"。这也是一种误解。开辟"新声新韵"栏目的目的是为了集中发表新韵作品，让读者能够集中欣赏，并未限于这一个栏目。仅举今年前6期的部分栏目为例：

第1期"刺玫瑰"栏目兰会珍《呼唤法治（新声韵）》。

第2期"七彩人生"栏目裘帅《忆王孙·游子（新声韵）》。

第3期"感事抒怀"栏目赵京战《看孙老电视访谈（新声韵）》。

第4期"咏物寄意"栏目奇杉《赏菊二首（新声韵）》。

第5期"缅怀凭吊"栏目苏宏伸《纪念父亲诞辰100周年（新声韵）》。

第6期"田园新曲"栏目庞增智《浣溪沙·童年村寨夜（新声韵）》。

从以上实例可以看出，《中华诗词》的每一个栏目，都没有限定只许旧韵，新声韵"不得涉足"的意思。每一个栏目，都可以发表新声韵的诗词作品，新声韵作者可以踊跃投稿，编辑部取诗只看质量，对新韵和旧韵同等对待，一视同仁。但"新声新韵"这个栏目除外。顾名思义，这个栏目只发表新韵作品，不发表旧韵作品，因而此栏目的诗词也就不再标明"新声韵"。

有的标明"新声韵"的来稿中，只是韵脚符合新韵，句中仍然将已读平声的原入声字，用作仄声。这是对新韵的不完全理解。《中华新韵（十四韵）》不但确定了字的韵部归属，同时也确定了字的平仄。新韵实际上是"新声韵"，是一个完整的声韵体系。使用新韵进行诗词创作，不但韵脚要符合新韵的韵部，而且按照格律，该用平声字的，要用新韵的平声字；该用仄声字的，要用新韵的仄声字。如果只是韵脚使用新韵，而其他地方仍用旧韵，比如说，按照格律应用仄声字的地方，如果用了已读平声的原入声字，便是出律。显然，这是把原入声字仍做仄声使用，这是不符合新韵要求的。在今年第8期编辑部公告《致新声韵作者》中，对此已作了说明。编辑部在审稿过程中，对这种违反新韵的现象进行了把关和修改，以维护新韵的纯洁性。例如：今年第9期"新声新韵"栏目有一首诗《耕耘暮归》，原稿是这样的：

耕耘不等雨情催，汗洒禾苗叶更肥。
长发牵出晚霞俏，荷锄挑得彩云归。

编辑在审稿时发现，第4句的"得"字，按照格律应用仄声字。而"得"字按新韵是平声，按旧韵是入声。可见，作者一时疏忽，沿用了旧韵的习惯，把已读平声的原入声字，错用作了仄声，造成出律。编辑把"得"字改为"起"字，使全诗都符合新韵（对此诗其他地方的修改不属于声韵格律方面，此处不赘）。有的诗友来信指出，有些本刊发表的标明"新声韵"的诗作，其中存在把已读平声的原入声字用作仄声的现象，这是编辑审稿把关不严造成的疏漏，我们对读者热心指瑕，深表感谢。编辑应该提高业务素质，增强责任心，改善刊物的质量，杜绝类似的"错声错韵"现象。同时，我们也欢迎广大读者批评监督，多提宝贵意见，帮助我们把刊物办好。

还有的读者提出，有些标明"新声韵"的诗作，既符合新韵，又符合旧韵，这样的诗"可标可不标"。这种提法是不太妥当的。我们知道，民族语言的历史长河，是连续发展、一脉相承的。现代社会的普通话语音系统，也是对古代语音系统的继承和发展，也是从古代语音逐渐承袭、沿革、演变而来的。作为语言基础上的韵，新韵和旧韵也不可能毫无相同之处。实际上，新韵和旧韵对大多数的字来说，是没有区别的。例如：平水韵的"一东""二冬""八庚""九青""十蒸"五个韵部，大多数的字完全符合新韵"十一庚"，但我们不能因此就把这五个平水韵韵部和新韵等同起来。我们来看一首南宋杨万里诗《晓出净慈送林子方》：

毕竟西湖六月中，风光不与四时同。
接天莲叶无穷碧，映日荷花别样红。

这首"一东"韵的诗，今天读起来，完全符合新韵"十一庚"，但我们能因此就说，杨万里的诗是"新韵"或"新旧韵均可"吗？古诗中这样的例子不胜枚举。同样的道理，有的新韵作品也可能完全符合平水韵，但既然作者标明"新声韵"，可见，作者是在普通话的语言系统中、在新韵的范畴中进行思维、进行创作的。因此，我们要尊重作者的创作意图，不应该违反其本意，把"新旧韵均可"甚至"旧韵"强加给新韵作者。这也是"尊重作者创作自由"原则的一个具体体现。《中华诗词》编辑部在审稿中，在审查韵脚、平仄格律时，对标明"新声韵"的诗稿，只审查是否符合《中华新韵（十四韵）》，不审查是否符合旧韵。对已选用的未标明"新声韵"的诗稿，如果其格律违反了旧韵，却符合《中华新韵（十四韵）》，我们认为很可能是作者一时疏忽，忘记标明，不宜为此小差错而舍弃。为了不漏过一篇新韵诗稿，故可以补标为"新声韵"。

"倡今知古，双轨并行"的方针，其实质是贯彻"百花齐放"的方针的具体体现，是"百花齐放"的方针在诗韵改革领域的具体反映，也是当前阶段振兴诗坛、繁荣诗坛行之有效、无可替代的方针。所谓"倡今"，就是要大力提倡新声韵；所谓"知古"，就是要熟悉和精通旧韵；所谓"双轨并行"，就是要新旧韵并行并茂，"双花齐放"，而不能是某一个"一花独放"。"五四"运动时期及以后的几十年，就曾经仅仅提倡新诗，造成主流诗坛新诗独占的局面，使旧体诗走入低谷半个多世纪。我们应该反思这个沉痛的教训，避免重蹈悲剧的覆辙。当然，"双轨并行"是诗坛的指导方针，是针对整个诗坛而言，并不是针对一首诗、一个人而言。具体到某一首诗，或用旧韵，或用新韵，不能新旧参半，掺和着用，那不是"双轨并行"的正确含义。具体到某一个人的诗词创作，则既可以"双轨并行"，也可以"一轨独行"；既可以用新韵又用旧韵，在用韵方面作"两栖诗人"，又可以只用新韵拟或只用旧韵，来个"一边倒"。这完全是作者的创作自由，应该受到充分的尊重。在艺术创作领域，任何行政手段、强行统一都是不可取的，也是行不通的。另外，"双轨并行"是当前的方针，至于一个较长的历史时期以后，新声韵会不会取代平水韵？这是很可能的。但目前阶段，我们还是要贯彻落实学会的方针，"双轨并行"，两条腿走路。

　　诗韵改革的大潮澎湃激荡、鼓舞人心，改革的方针已经确立，《中华新韵（十四韵）》已经公布于世，大量的新韵作者、新韵作品、新韵刊物、新韵书籍已经涌现，形势一片大好，越来越好。让我们继续努力，紧跟时代，心系大众，创作更多的为人民群众所喜闻乐见的精品力作，迎接新韵的繁荣，迎接祖国诗坛的繁荣。

二〇〇六年八月五日

参考书目：

1. 《贵州诗词》2006 第 7 期
2. 吴安怀《振臂一呼自云集》
3. 罗庆芳《新声韵不宜随意标》

（本文最初发表于《中华诗词》2006 年第 10 期，有修订。曾作为赵京战编《新韵三百首》代序言）

【附录十八】

中华新韵歌诀

溪翁原著 赵京战改编

第一韵，叫做"麻"，他家抓把撒茶花。

　　绿草茵茵七彩花，清香散入牧人家。

　　　　　　　　（谭博文《偕友人游灰腾梁》）

第二韵，叫做"波"，车过漠河歌婆娑。

　　街心饭店布星罗，入夜霓虹流采波。

　　　　　　　　（吴 彦《城市印象》）

第三韵，叫做"皆"，雪夜跌街嗟月斜。

　　草迷山径露湿鞋，紫蔺黄花点绿蕨。

　　　　　　　　（韩 宇《野游》）

第四韵,叫做"开",赛台彩带甩开怀。

水上黄花次第开,泛红映绿丽人腮。

(谷中维《衡水湖游记》)

第五韵,叫做"微",雷摧梅蕊谁泪垂。

云卷云舒任是非,卸辕老马不知悲。

(李文佑《述志》)

第六韵,叫做"豪",夭桃飘缈俏妖娆。

远望如梯步步高,身临谷底进岩槽。

(溪翁《过三峡五级船闸》)

第七韵,叫做"尤",鸥柳旧友又周游。

朔风得意弄风流,地冻天寒兴未休。

(高凤池《雪景》)

第八韵，叫做"文"，昆仑林隐问纯真。

十川百淀滤轻尘，绮丽湖天雨后新。

（乔树宗《游白洋淀放歌》）

第九韵，叫做"唐"，长江霜降望苍茫。

渔港笛声催远航，舟帆竞渡过石塘。

（金胜军《温岭石塘》）

第十韵，叫做"庚"，青松经冻更葱茏。

闻道高原新路成，神龙昂首走西东。

（韩秀松《贺青藏铁路建成通车》）

第十一韵，叫做"齐"，儿女骑驴去弈棋。

如篦东风梳麦畦，连天绿海起涟漪。

（徐淙泉《春日》）

第十二韵，叫做"支"，稚子知迟日思诗。

冬旱韩原雨雪迟，京华鸿雁寄春枝。

（张 申《贺岁诗》）

第十三韵，叫做"姑"，孤竹如鹜舞芦湖。

明灭如烟细若无，青枝鸟语柳眉舒。

（王玉德《老屯》）

二〇〇六年十月一日

【注】

所举例句皆择自赵京战编《新韵三百首》，杨贵全择句。

【附录十九】

采得云锦织天章

——简评张俊华绝句的艺术成就

衡水大地是诗的沃土，这块沃土滋养了诗人张俊华。俊华诗的成就，集中表现在绝句上。《白鹭集》收诗347首，其中绝句224首，占65%。从数量上也可看出，绝句是俊华诗词艺术的重要部分。

绝句虽然短小，但它的艺术容量是非常丰厚的。唐诗璀璨辉煌，但人人耳熟能详、张口能道出的，绝句占了大多数。这不仅仅因为它短小，首先因为它是精品。有人说绝句好写，这是片面的。

一般说来，入门之作，律诗难于绝句；上乘精品，绝句难于律诗，五言难于七言。短短四句，又要独立完整，又要起承转合；又要情景交融，又要翻出新意。真可谓容天地于方寸，纳乾坤于粟米。俊华的绝句，大都已臻上乘。

首先，俊华的绝句手法纯熟，无懈可击，已锤炼为成熟的艺术品。我们来看下面一首：

过杜鹃山

一路骋怀雨送凉，高原极顶览穹苍。
遥听秋岭云深处，千万芳心唤旭光。

其中起承转合，结构完整；意脉通畅，浑然无隔；写景抒情，井然有序；现实联想，递接自然；比喻拟人，修辞炼句。短短四句，句句翻新，层层递进，最后"千万芳心唤旭光"，恰如大幕拉开，主角登场，整个画面呈现出了诗的主旋律——一个宽广的、高尚的精神境界。再看下面几首：

红 树

霜染秋山气壮哉，凌寒举火照天陔。
千坡万岭堆霞处，尽是心花带笑开。

秋 韵

晨曦初照滏阳河，梨枣盈枝草满坡。
孺子骑牛沿岸走，横笛仰首向天歌。

这些诗句就像一幅幅寓意深刻的画面，透过画面，诗人并不停止在画面上，而是更上一层楼，又揭示出了更深层次的内涵。令人把卷沉思，回味无穷。

其次，俊华的绝句并不停留在一般的写景抒情，而是大多寓意深刻，向更高的层面升华。请看下面的一首：

棒槌石

边峰独立叹蹉跎，雾绕云遮知几多。
一日携风呼啸起，砸平天下虎狼窝！

他看到棒槌石，不仅仅欣赏它的自然美，而是联想到用它"砸平天下虎狼窝"。这真是"仁者见仁，智者见智"，一个胸怀天下的志士仁人，把自己的胸襟抱负，都融进了诗中，谁看了不肃然起敬呢！再看下面几首：

燕 子

朝风暮雨两情欢，云路迢迢丽影翩。
莫道燕儿无大志，剪刀一寸敢裁天。

赋 雁

相寄苍黄书几封，又听霜羽载秋声。
钻云人字当空写，大气磅礴壮远征。

从贺知章的"二月春风似剪刀"到"剪刀一寸敢裁天"，从毛泽东的"乌蒙磅礴走泥丸"到"大气磅礴壮远征"，我们看到诗人是如何继承古人，如何推陈出新，如何在思想境界上攀登到新的高度。这些诗句，是诗人精神境界的体现，是诗人高尚人格的象征。令人一读之后，便不自觉的受到感染。

第三，诗人精细的观察，巧妙的熔铸，创造出一幅幅具有独创性、又具有诗人独特风格的形象。请看下面一首：

冬 雾

寒气迷茫掩日华，乡途漫漫弄尘沙。
家门不知何处是，隔着白墙唤狗娃。

李清照说"天接云涛连晓雾"，秦少游说"雾失楼台，月迷津渡"，这些名句已成为千古绝唱。可是却没有人写过农村的雾。到了自家的院外，却找不到家门，只好隔着院墙，喊家里人出来引导。通过诗人观察、塑造的这个艺术形象，活灵活现的把雾大到什么程度表现了出来。一个"寒"字，点明了冬天的季节；一个"白"字，映射出现今农民的生活状况；一个"狗"字，把农村的气氛烘托了出来，把农民家人的亲切感表现得淋漓尽致。从中可以看出诗人"炼字"的功力。

诗人写景的诗，大都写得甜美静谧，活泼生新，给人以新、美的享受，令人觉得仿佛进入了一个神奇的画廊。这个画廊，就是诗人用自己的艺术营造出的审美境界。我们来欣赏下面的几首：

衡湖夏夜

一轮玉镜落清波，蓬栽鸳鸯限睡荷。
息鼓青蛙羞闭目，静听湖面逸情歌。

夏

雨霁水乡蒸紫烟，蜻蜓浪漫小菏尖。
扁舟摇曳晴波里，一路蛙鸣向日边。

冬

小河无语树无哗，漫野空茫玉色佳。
云汉白鹅下三界，千翎万羽拜梅花。

每首诗都有新意，每首诗都有个性，每首诗都是感人的艺术精品。这可以看出诗人在七绝上所达到的艺术水平。

俊华的绝句涉及的题材非常广泛，大凡咏物寄意，咏景抒情，咏怀古迹，记述游踪，歌咏社会人生，咏评历史人物等等，笔触所及，情溢于诗，珠玑琳琅，令人目不暇接。这里只能挑几首简单介绍一下。读者阅读《白鹭集》可以深入仔细的去把玩欣赏。

诗人能取得这样的成就，与他丰富的人生阅历分不开的。俊华起于基层，与农民共呼吸；位居领导，为农民做好事。为官一任，造福一方。这磨砺了他的人格，陶冶了他的性情，拓展了他的胸襟，同时，也熔铸了他的诗魂。他的诗，能够发人深省，能够振聋发聩，能够给人灵魂的震撼。这是他的诗最值得称道的。陆游说的"工夫在诗外"，大概就是说的这个意思吧。

俊华是衡水市诗词学会的会长。他孜孜不倦地追求，艰苦地创作，给衡水地区的诗词事业带了个好头。近年来，衡水地区诗人辈出，创作繁荣，诗词热潮逐渐兴起。有20人在《中华诗词》杂志发表了作品，有17人的作品被中华诗词学会副会长、《中华诗词》常务副主编赵京战编的《新韵三百首》收录。这标志着衡水诗人群体正在走向成熟，正在走出衡水，走向全国诗坛。我们看了俊华的新诗集《白鹭集》，不但为俊华高兴，而且为衡水地区的诗人们感到欢心鼓舞。

最后，我以一首小诗，作为本文的结束语，也借此书的一角，献给衡水地区广大的诗人朋友们：

题《白鹭集》

湖边白鹭唳声长，引领群鸥展翅翔。
燕赵清风来易水，新诗万卷赋桃乡。

丁亥新正

【附录二十】

悼戴云蒸老

我与戴老相识，是 2000 年的事。那时我还在北京部队服役，2000 年由安徽文艺出版社出版了我的第二本诗集《苇航集》，济南侯井天老师来信说："有话说给亲人，有诗寄给知人。"并在信中介绍了戴云蒸先生。诗集寄去之后，很快便收到了戴老的回信，并附了一首诗：

读京战《苇航集》有赠 (2000.10.18)

舒翼蓝天万里鹏，赤心慷慨著丹青。
生花妙笔美同伍，亦武亦文仰国英。

又一春斋七十六叟戴云蒸

读了戴老的信和诗，使我很受感动。后来，戴老和我电话、书信联系不断，并把他自己的诗集《云蒸诗集》赠我。我还了解到，戴老还是武术名家，太极五段，并在北京亚运会开幕式大型太极拳集体表演中领操。戴老长我 23 岁，我们可以说是忘年交。他那坦诚的胸怀、奔放的热情、渊博的学识、平易的风格，像火一样吸引着我，感染着我。我为又结识了一位德高望重的老前辈而高兴。为了表示对戴老的尊敬，我也写了一首诗相赠：

呈戴老云蒸先生 (2001.5.20)

身游太极两仪间，流水行云出自然。
三晋风光收拾去，云蒸霞蔚是诗篇。

2003年，我从部队退休后，一个偶然的机会，来到《中华诗词》杂志社担任编辑工作，和戴老的联系就更多了。这年秋季，戴老电话告诉我，要成立唐槐诗社，由戴老担任社长，并聘请我做指导老师。既然戴老抬举，我不揣浅陋，欣然答应。并遵戴老之嘱，为唐槐诗社成立写了贺联和贺诗。戴老告诉我，唐槐诗社多为理工、经济界的精英，因此，我的贺联特地引用了数学家华罗庚教授的一段故事。贺联、贺诗如下：

贺联：贺唐槐诗社成立 (2003.10.28)

三强韩赵魏于今犹是
九章勾股弦在诗亦然

贺诗：贺唐槐诗社成立并呈戴老 (2003.10.28)

桐叶封唐开纪元，国风十五有遗篇。
难老泉边新结社，吟声惊醒太行山！

【注】
效折腰体，以表敬慕之意。

唐槐诗社成立后，戴老不顾年迈，多方奔走，为振兴诗词事业，培养诗坛新人，可以说是不遗余力。唐槐诗社诗人群体迅速成长起来，刊物也越办越好。戴老的工作，受到诗界同仁的敬仰，天南海北，大家都知道太原有个戴云蒸，有个唐槐诗社。《中华诗词》杂志多次发表唐槐诗人的诗词作品，编发唐槐诗社活动消息，大大提高了唐槐诗社在诗坛的知名度。

到2004年，戴老80岁诞辰，亲自写了七律《八十书怀》十首。各地诗友，有130多位竞相唱和，这充分说明戴老在诗人心目中的崇高威望。后来，戴老满足诗友们的愿望，将唱和诗结集出版，一时成为诗坛佳话。我也写了一首和诗寄给戴老：

和戴老八十书怀 (2004.7.24)

八旬岁月逝云烟，一柱犹擎汾晋天。
不向庙堂寻旧梦，还从诗海结新缘。
爻辞卦象心能解，周柏唐槐手可攀。
也学磻溪直钩钓，垂纶难老做吟仙。

在戴老亲自栽培下，唐槐诗社开拓进取，组织诗人到全国闻名的大企业"清徐醋业"采风，迈开了"诗企联姻"的第一步，为全国的诗词组织率先垂范，开了新路子。《中华诗词》杂志2000年第10期刊出专栏，发表了参加这次采风的15位诗人的诗词作品，其中有戴老的长篇古风《山西来福醋业公司行》，并加了《编者按》。《编者按》说：唐槐诗社组织社员"醋都"采风，"写诗填词，弘扬企业文化，提高企业名牌的文化内涵，走出了诗企联姻的新路子，扩大了诗词的社会效益。这是一个有益的尝试。"戴老的工作得到了诗界的肯定和认同，这也是对诗社成立一周年最好的祝贺。唐槐诗社成立一周年之际，我也寄去了贺诗，诗中专门提到了这次采风活动的巨大影响：

贺唐槐诗社周年庆 (2004.10.28)

老泉汲水众仙栽，桂叶檀花献瑞来。
一自清徐醋香至，诗坛惊目看唐槐！

2005年8月，中镇诗社在太原开会。戴老知道了消息，事前三次来电话，嘱我一定借此机会，到唐槐诗社一叙。8月17日，我和蔡淑萍老师一起去拜见戴老，唐槐诸友在座，畅谈诗艺，相见恨晚。这是我第一次见到仰慕已久的戴老，万万没想到，第一次见面，竟是最后的一面！

2006年，唐槐诗社成立3周年，我又寄去了贺诗。当然，我的贺诗直接寄给戴老，一方面为了向诗社表示祝贺，一方面也是为了向戴老表示敬意，更重要的是向戴老学习，请戴老指教：

贺唐槐诗社三周年 (2006.08.16)

燕赵谁擎半壁天？繁枝密叶自云烟。
芝兰松柏长为伴，根植并州汲老泉。

正在唐槐诗社蓬勃发展之际，去年突然接到戴老的电话，言及不幸染疾，正在住院治疗。闻讯后心情十分沉重，赶紧去买了西洋参等补品，用特快专递寄去。非寄希望于疗效，实表牵挂之心情。今年《中华诗词》第3期"诗家风范"栏目编发了刘小云的文章《桑榆荐血浇诗苑——记唐槐诗社社长、主编戴云蒸老》，全面介绍戴老和唐槐诗社的工作和成就，作为我们对戴老病情最好的慰问。戴老病情一直平稳，一年多来，多次来电话说明治疗进程，免我悬念。每次听到戴老的声音，感到他心情坦然，言语平和，声如洪钟，一如平常。我的心情也渐趋缓和，以为吉人自有天相，戴老深通太极玄理，视二竖如尘芥耳。孰料，7月1日打开电脑，见到的却是戴晓岚女士发来的讣告。我立即发去唁电，表示哀悼："惊闻戴老仙逝，悲恸万分！戴老功在诗坛，德在人心。戴老永垂不朽！"

戴老是我的前辈，是我的师长。我有幸与戴老相识、相知、相交，受他的熏陶，得益非浅。如今戴老跨鹤仙去，遂成永诀，痛何如哉？追思往事，历历在目，虽短短七年，却是深历沧桑，恰似相濡以沫。前次电话，戴老还邀我太原见面，促膝长谈。呜呼戴老，去之何速也？相别何速也？戴老为了唐槐诗社，殚精竭虑，把自己的身心全部投入诗词事业。他是燕赵诗界的一座丰碑。他就是一棵唐槐，德被乡里，福佑一方，一枝一叶，一花一果，都闪耀着诗的光芒，散发着诗的芬芳。天妒仁人，不假长年，复何言哉！复何言哉！最后，向戴老献上一首小诗，告慰戴老在天之灵，戴老，戴老，君知之否？

悼戴云蒸老 (2007.7.2)

香烟余绛帐，哀乐绕灵幡。
讵料阴阳隔，痛思金石言。
诗留白玉阙，人返紫微垣。
云路频回首，唐槐叶正蕃。

戴云蒸老先生永远活在我们的心里！

二〇〇七年七月四日

【附录二十一】

引领幽燕花烂漫

——在任征、范俊海诗词研讨会上的发言

今天是邢台诗人任征、范俊海诗词创作研讨会，对他们二人的诗词创作的艺术水平、风格特点等方面，与会诗友将全面的研讨。我想把视角放大一点，通过任征和范俊海，来透视一下整个邢台地区的诗人群体的整体状况。

任征、范俊海二位诗人，是邢台地区著名的诗人，是当地诗人群体的代表人物。他们通过自己的诗词创作，带动了一个地区，带动了一个群体，扎扎实实地推动了诗坛走向繁荣，促进了本地区文化建设，产生了积极地社会作用。我们看这两位诗人，他们有着共同的特点。

第一，他们都是政府官员，是领导干部，任征退休前是民政局长，范俊海退休前是工商局长，他们能够成为诗人，有他们的特殊的作用，这是很难得的。有人曾说，办好诗词事业需要三种人：一是诗人，这是诗词创作的主体，诗词艺术的中坚力量；二是"诗官"（注意，是带引号的），即热爱诗词，积极投身诗词事业的在职的或离退休的领导干部。他们有着特殊的社会地位、社会关系，有较强的组织能力、影响力和号召力，是组织上的中坚力量；三是"诗商"（注意，

也是带引号的），他们是热爱诗词的企业家，是诗词事业的经济上的中坚力量（为此，《中华诗词》还特地开辟了"诗企联姻"栏目）。这种说法不一定很科学，但我们从各地诗词学会、诗社发展情况来看，这种说法还是有一定道理的。邢台地区的诗词组织，大都具备这三种人（当然每个人首先都是诗人），其中有热爱诗词的领导干部做组织领导工作。还有诗人企业家。这也许是邢台地区诗词事业走在河北省的前列的原因之一。

第二，他们都是土生土长的"乡土派"诗人（这里的土生土长没有任何贬意）。他们热爱养育自己的这块热土，热爱这里的父老乡亲，热爱这里的一山一水、一草一木。浓烈的民情、乡情、友情融于诗中，酿造出了炙脍人口的佳句。这就是爱国主义的具体化，民族感情的具体化，也是对中华民族传统文化、传统道德的具体继承。我在任征诗集《听涛集》的序言中已有阐述，这里不再多讲。

第三，他们都是书法家。他们把诗词和书法结合起来，互相渗透，互相促进，可以说是珠联璧合，相得益彰。无疑，他们的书法活动带动和促进了他们的诗词的传播，扩大了他们的诗词的影响，大大增强了诗词的社会效益。我们提倡艺术的横向联合，诗词和书法都是中华民族独特的艺术形式，是唯有汉语的语言文字才能产生的艺术形式，是我们的国粹、国宝。他们是姐妹艺术，可以说互为载体，互为表里。今年中华诗词学会20周年庆祝，就搞了书法绘画展览（任征、范俊海的作品都参展了）。我们提倡诗人学习书法，也提倡书法家懂得诗词，任征、范俊海为我们提供了有益的探索。

我们研讨诗词创作艺术，我想谈一谈诗品与人品的问题。陆游说过"工夫在诗外"，什么是诗外呢？就是诗人的精神素质、精神境界，就是诗人的人格、人品。单纯的在雕琢字句的艺术手法上下功夫是远远不够的，只有不断的提高自己的精神品位，才能使诗词创作不断提升到新的层次。古人说的"诗品如人品"，就是这个意思。

那么，诗人应该具备什么样的人品呢？或者说，我们应该注意从哪些方面去提高我们的人品呢？诗词是中华民族传统道德的主要载体，也是历史上民族传统教育的主要形式。我们通过熟读古典诗词，大致可以看到以下几个方面。

一、正直的品性，坚持真理，宁折不屈，不惜个人作出牺牲。我们来看韩愈的《左迁至蓝关示侄孙湘》：

> 一封朝奏九重天，夕贬潮州路八千。
> 欲为圣明除弊事，岂将衰朽惜残年。
> 云横秦岭家何在，雪拥蓝关马不前。
> 知汝远来应有意，好收吾骨瘴江边。

像韩愈这样的人，在历史上数不胜数，每个人都能讲出很多故事来。这种正直的品性，正是我们中华民族传统道德赖以弘扬发展的精神支柱。

二、求真务实，追求真理，对历史的真谛，对人生的哲理。不断深入探究，有所发现，这些发现，又加入了民族知识道德的总库之中，成为民族的共同的精神财富。我们来看下面两首诗：

章碣：《焚书坑》

竹帛烟销帝业虚，关河空锁祖龙居。
坑灰未冷山东乱，刘项原来不读书。

苏轼：《题西林壁》

横看成岭侧成峰，远近高低各不同。
不识庐山真面目，只缘身在此山中。

这两首诗，一首是对历史规律的探求，一首是对人生哲理的思考。他们对读者思维的开拓，智慧的启迪，无疑都在潜移默化之中。社会的历史现象更是扑朔迷离，要将其真面目揭示出来，恢复历史的真相，更是诗人们的追求。我们看看明朝文征明《满江红》，他对我们熟知的南宋抗金名将岳飞被害一事，是如何进行分析探索的，诗的下半阕是这样写的：

岂不惜，山河蹙？岂不念，徽钦辱？但徽钦既返，此身何属？千载休夸南渡错，当时只怕中原复。叹区区、一桧亦何能？逢其欲。

诗人对传统的秦桧害死岳飞的责任问题提出了质疑，很显然，作者的观点是经过深入思考和探究的，因而得到了后人的尊敬和认可。后人把文征明这首《满江红》刻在了杭州岳王庙的石壁上供千古传诵。

三、热爱人民、与人为善的处世原则。对劳苦大众的同情，始终是中华诗词的一个主线。这方面的古典诗词就太多了，我们最熟悉的就是那首"锄禾日当午，汗滴禾下土。谁知盘中餐，粒粒皆辛苦"。感动和教育了我们的民族一千多年。我们再来看诗圣杜甫的一首诗：

杜甫：《又呈吴郎》

堂前扑枣任西邻，无食无儿一妇人。
不为困穷宁有此，只缘恐惧转须亲。
即防远客虽多事，便插疏篱却甚真。
已诉征求贫到骨，正思戎马泪盈巾。

通过这首诗，我们可以看到诗人的火热心肠，他时时刻刻在想着的，是广大的劳苦大众，宁愿牺牲自己的利益，也要善待贫苦，善待老幼。这种品德，在李白、杜甫的诗中，比比皆是，我想，大家都是非常熟悉的。我们再来看看杜甫的《茅屋为秋风所破歌》，诗的结尾是这样写的：

安得广厦千万间，大庇天下寒士俱欢颜，风雨不动安如山。呜呼！何时眼前突兀见此屋，吾庐独破受冻死亦足！

杜甫之所以称为诗圣，他的诗之所以被称为史诗，并不是因为他的"两个黄鹂鸣翠柳，一行白鹭上青天"之类，而是因为他的三吏、三别，他的羌村三首，他的兵车行、自京赴奉先五百字。我们应该作什么样的人、写什么样的诗，首先应该学习和继承杜甫的这种精神和道德。

四、忍让与宽容的和谐态度。对待真理，当仁不让；对待个人的利益，却是吃亏让人，采取宽容忍让的态度。我们看一看清朝的一位大官的一首诗：

〔清〕张英《寄家人》

千里修书只为墙，让他三尺又何妨？
万里长城今犹在，不见当年秦始皇。

（注：题目为笔者临时所加）。

这首诗里包含着这样一个小故事：安徽桐城有一个小巷，长不过百米，宽不过六尺，名曰六尺巷。这里是清文华殿大学士的故居。六尺巷的碑铭上这样记载着："清文华殿大学士张英居宅旁有一隙地，与吴氏邻，吴氏越用之。家人驰书与都，公批诗于后寄归，云：'千里修书只为墙，让他三尺又何妨？万里长城今犹在，不见当年秦始皇。'家人得书，遂让三尺。吴氏闻之，感其义，亦退让三尺，故六尺巷遂以得名焉。"张英不过是一个封建社会的官吏，他都能做到这样，这不值得我们好好的反思吗？这种宽容忍让的态度，应该是和谐社会的道德基础。老百姓把这件事刻在了碑上，流传到了现在，可见，广大人民对张英是认可的，是肯定的。

韩愈主张"文以载道"，古人历来主张诗的教化作用，中华诗词学会大力提倡和推行"诗教"，目前，全国已有4个单位被授予"诗教先进单位"的称号。要想充分发挥诗词的教化作用，诗人首先要教化自己本身，要不断的提高自己的人品，才能不断的提高自己的诗品，创作出被民族所认可，被历史所流传的精品力作。

回过头来，我们再来看一看邢台地区的情况。

像任征、范俊海这样的诗人，邢台地区周围还有不少，隆尧的国印周、张自发、齐荣景、白根路、韩晓云；晋州的白明京、刘庭玉、杜艳丽；临城的路焕京；临西的马一骏，等等，不胜枚举。他们的诗词创作达到了一定的水平，组织当地诗社，经常进行集体采风、同题作诗、评比交流、组织点评等活动，诗词刊物象《尧乡诗词》《孔雀台》《百泉诗词》也是越办越好，他们还开辟了诗词网站，进行网上交流，把视角扩大到全国。我说邢台地区的诗词事业走在了河北省的前列，他们是当之无愧的。

我希望，邢台地区的诗人们不断探索，不断进取，在提高自己的诗艺上，下大力气，在推动诗词热潮、扩大诗教作用上，下大力气。一花独放不是春，百花齐放春满园。我希望通过这次任征、范俊海诗词研讨会，邢台地区争取早日创建"诗词之乡"，那将是河北省第二个诗词之乡（第一个是河间），那时，我一定再次来邢台祝贺。

最后，我以一首小诗，献给研讨会，与任征、范俊海二位诗友以及邢台地区的广大诗友共勉：

题任征、范俊海诗词研讨会

一枚先放众芳随，举目邢襄看腊梅。
引领幽燕花烂漫，千红万紫待春雷！

二〇〇七年八月十八日

【附录二十二】

柔肠百转品人生

我在"风铎奖"颁奖仪式上,第一次认识了杜丽霞,她的作品获得十佳第一名,可谓是中了状元。主席台和观众席上的目光,一齐投向她。她就在这聚光灯一样的目光中,走上讲台,发表自己的获奖感想。给我留下了深刻的印象:诗坛又升起了一颗新星!

给我深刻印象的,还有她的网名:鱼儿和渔夫。我在想:她为什么取这样一个网名?她当时是怎么考虑、如何取舍的?通过这个网名,她要向网友,向世人传达什么样的感情信息?

我的思考还没有结果,董澍先生告我,杜丽霞的诗集《归梦集》即将付梓,想请我写一个序言,还小心翼翼地问我,愿意不愿意答应。我自己在诗坛名声甚微,真怕阐发不出诗中的微言大义,白白浪费了雅卷的篇幅,对年轻作者没什么帮助。但又一想,我作为一个诗词工作者,把才人新秀向诗坛推介,增加他们的知名度,这正是繁荣诗坛的大事,也是我的责任,于是就不揣冒昧地答应了。再说了,这对我也是一个学习的好机会。

一卷《归梦集》,反复捧读,令我深受感动的,就是字里行间所充满、所洋溢的一个情字。古云动人者情也。诗人词客，莫不因情而裁句，驭情以成篇。然而作者抒情，独具特色：于平常处着笔墨，于细微处见精神，轻柔如缕缕春风，连绵似潺潺流水，字字发人深思，句句扣人心弦。作者对古典诗词有一定积淀，揣摩体悟，颇得古人心意；化用入诗，不着痕迹。作者灵性，可窥一斑。我们首先看看她是如何描写母爱这一永恒主题的：

金缕曲·和儿子做贺卡 (2005.4.28)

慰我心怀者，绕膝儿，鹦鹉巧嘴，细言轻洒。裁就纸张粘贺卡，一朵红花入画。添几笔，阳光直泻。两个苹果和笑靥，对折完，题上祝福话。拿在手，作何价？　　为人父母多操挂，恨不得，生成双翅，变成快马。三百六十五天里，忙碌晨曦月下。已忘却，酒盏推把。揽镜轻抚颜憔悴，有皱纹，眼角悄悄射。唯换取，温馨也。

作者紧紧抓住事物的细节，工笔细描。这里有动作，有表情，有神态，有心语，笔触细腻，把深沉宏大的母爱，惟妙惟肖的传达了出来。这不禁使我想起孟郊的《游子吟》，《游子吟》是从儿子的角度来写母爱，而作者却是从母亲的角度来写母爱，同样收到异曲同工的效果。古人写了"游子吟"，此篇应该是"慈母吟"。于是仿照孟郊笔意，试叶平韵将此《金缕曲》翻成《慈母吟》，作为《金缕曲》的副篇，缀于此：

慈母吟（试翻《金缕曲》词意）

> 慈母手中笔，娇儿脸上霞。
> 凝心细细描，意恐稍稍差。
> 愿将三春晖，缕缕护新芽。

《金缕曲》表现的是母爱，天伦之情，而下一首《鹧鸪天》表现的则是对社会，对百姓的爱，作者一片深情、满腔爱意的关注着社会，关注着人生：

鹧鸪天·公园即景 (2005.5.16)

> 闲着亭中日欲斜，三三五五啜香茶。湖旁携手多情侣，池内溜冰放学娃。　　红屋顶，绿窗纱，竹林深处有人家。丛丛月季墙边绕，几树石榴竞放花。

作者仍然是着眼于细部，有人有物，有情有景，有动有静，有声有色，一幅活泼可爱的群乐图。我们看到，作者的视角在扩大，跳出了个人、家庭的小圈子，这是一个诗人走向成熟的标志。能否跨出这一步，看似简单，实则是沉重的关键的一步，这关系到诗人能否有成就、能否创作出为社会所传颂、为后世所流传的作品。诗人迈出了这一步，这是非常可喜可贺的。顺便说一下，词中"池内溜冰放学娃"句应该加注："池，指旱冰池；溜冰，指溜旱冰。"否则与结句"丛丛月季墙边绕，几树石榴竞放花"时序物候相矛盾。关怀人民大众，是诗词传统的主线，古人在这方面作出了出色的榜样。我们来看一首宋词：

辛弃疾《清平乐·村居》

茅檐低小，溪上青青草。醉里吴音相媚好，白发谁家翁媪？　大儿锄豆溪东，中儿正织鸡笼。最喜小儿无赖，溪头卧剥莲蓬。

一个农家小户，受到了诗人深情的关注，全心全意、浓墨重彩，倾注了诗人全部的才情。辛弃疾描写的仅仅是一家一户，而杜丽霞描写的是社区群体，是千家万户。单就这两首词而论，杜词的视角是比辛词更加开阔的。

不仅如此，作者的笔触继续深入，不断向深度和广度探索，不断扩大情怀的覆盖面。她开始关注社会底层的人和事。

金缕曲·感赋九岁小女孩佘艳和她的养父 (2005.12.3)

泪落如飞雨。叹余生，谁呵冷暖，谁怜孤旅？唯有远天西风烈，一样残阳不语。念过往，蓬门虽苦，也似华庭雕玉砌，有笑声，相伴父和女。流星去，痛无数。　苍天总把生死误。恰人间，啼哭方至，却淋寒露。九载年华匆匆过，长卧荒冈坟土。问一次，娘亲甚处？魂里梦中萦心绕，到何时，不作无凭主。当此际，恨如许。

作者仍然是从细处着笔，清词丽句，委婉动人；而且抽丝剥茧，层层深入，至结尾感情迸发，如电闪雷鸣，读者怎能不扼腕长叹，掩卷而泣？这种仁人之心、悲悯情怀，正是中华民族传统道德的精髓。我们还是从古人那里，来探寻其渊源和脉络：

杜甫《又呈吴郎》

堂前扑枣任西邻，无食无儿一妇人。
不为困穷宁有此，只缘恐惧转须亲。
即防远客虽多事，便插疏篱却甚真。
已诉征求贫到骨，正思戎马泪盈巾。

　　对于一个贫苦的老妇人，诗圣是如此将心比心，百般呵护；柔肠侠骨，令人肃然起敬。杜甫写的是一个贫苦老妇，杜丽霞写的是一个九岁夭折的小女孩。同情之心，一脉相承。杜丽霞，杜氏苗裔，其诗圣之远孙乎？其仁心善意，何其相似乃尔！民族传统的血脉，在诗人心中奔流。这才是诗的本质，这才是诗之魂！

　　元稹有诗云："愿为朝日早相暾，愿作轻风暗相触。"（《紫踯躅》）作者凭借着细腻的笔触，描绘人生，倾注感情，如朝日般温暖，如清风般温柔，如千丝万缕，将读者包裹笼罩，烛照读者的心灵，拨动读者的心弦，使读者不知不觉的进入其审美境界，欣然与之共鸣，悄然为之动容。

作者给自己的诗集取名《归梦集》，归梦，归梦，归什么梦？如何去归？一首《鹧鸪天》似乎道出了作者梦底心曲：

鹧鸪天·莲花 (2006.9.10)

一镜琉璃始别春，鸳鸯浴水渐生温。曾言足下花开盛，传说佛前有此身。　　云里梦，月边魂，素衣纤手脱凡尘。西风明日潇潇起，留取痴心待世人。

读到此，再看看书名《归梦集》，我不禁又想起了她的网名：鱼儿和渔夫。是梦里的鱼儿渔夫，还是鱼儿渔夫的梦？她要向世人传达什么样的感情信息呢？是万物平等？是各得其所？是相互依存？是天人合一？这真是"轻调锦瑟吟《归梦》，留取痴心待世人。"想到此，似乎言语很难说清楚了，这大概就是古人说的"言语道断"吧。乃步作者《鹧鸪天》原韵，缀诗一首，作为此文的结束：

《鹧鸪天·莲花》

一抹红霞满面春，婷婷袅袅玉生温。频遭风雨难移性，纵出泥途不染身。　　怜素影，惜芳魂，碧栏杆外是红尘。百千万劫消磨尽，留取莲心济世人。

二〇〇八年一月二十日

【附录二十三】

清清泉水寓心声

——孔祥庚《易门龙泉》赏析

千古龙泉水，今朝入故城。
惠民流日夜，犹似在山清。

——孔祥庚《易门龙泉》

一首小诗，短短二十个字，读后令人心绪萦回，久久难忘。这是为什么？

一首小诗，没有华丽的辞藻，没有艰深的词汇，却使人掩卷沉思，回味再三，这又是为什么？

我想，这是精神的共鸣，这是心灵的碰撞，这是诗中所承载、所传达的精神境界带来的震撼。

诗人是龙的传人，千古龙泉水，那正是诗人所传承的中华民族的传统血脉。这个传统血脉的典型特征，就是下文所说的"惠民"精神。龙泉流入故城，日日夜夜，岁岁年年，把自己的全部身心，献给这一片热土。千古以来，永不停息，永不放弃。古人云"在山泉水清，出山泉水浊"，是说世俗的污染，虽洁如泉水，尚有不保。而在我们的诗人心中，却是抱定"惠民"的初衷，始终如一，虽经千古日夜，仍然"犹似在山清"。至此，诗人崇高的精神境界跃然纸上，就像清清泉水中傲然挺立的，鲜艳夺目、光彩照人的一朵莲花。

千古血脉，诗家传承。从李白的"三谢不能餐"到杜甫的"安得广厦千万间"，从白居易的"念此思自愧"到李绅的"粒粒皆辛苦"，诗人的心总是与广大人民群众紧紧地贴在一起，诗人的喜怒哀乐总是和人民群众息息相关。唐朝的韦应物，是一位朝廷官员，他的诗句"邑有流亡愧俸钱"，充分表现了这位"公务员"的惠民心声。韦应物当了三年苏州刺史，苏州人民怀念他，亲切地称他"韦苏州"，并建"三贤堂"（另两位是刘禹锡和白居易）来纪念他。可见，他的惠民政策，确实使苏州人民得到了切实的利益。每当我们涉猎诗的历史长河，琳琅璀璨的珠贝俯拾皆是，每一颗都闪耀着"惠民"的熠熠光辉。

千古泉水流到了今天，流到了与韦苏州一样同为地方官员的祥庚先生心中。又从诗人心中流出，化作动人的诗篇。诗篇从千古龙泉中汲取了生命，它将和泉水一样千古流传下去。泉水也从诗中获得了人文的内涵，以崭新的形象为世人所重新定格。诗以泉名，泉以诗传，珠联璧合，相得益彰。而读者于欣赏中得到艺术的共鸣，不知不觉，泉水也流入了读者的心中——我们民族的传统血脉，随之也悄悄地融入了读者的心中。大概这才是作者所期待的更大的"惠民"吧！

二〇〇八年七月十八日

鸣　　谢

　　《中华诗词》编辑部副主任张力夫为本书进行了校对、修改和把关的工作，编辑刘宝安、居庸诗社张伯元为本书的整理、设计、出版提出了很好的建议和方案。他们都为本书付出了辛勤的劳动，在此，谨致以衷心的感谢！

赵京战

二〇〇八年十月一日

　　旧作《苇航集》入选"中华诗词存稿"得以再版，感谢丛书编委会同志们的盛情！中国书籍出版社和采薇阁公司的编辑、排版工作者对本书的编辑、排版设计工作付出宝贵劳动，一并致谢！

赵京战

二〇一九年八月二十八日于北京